目次

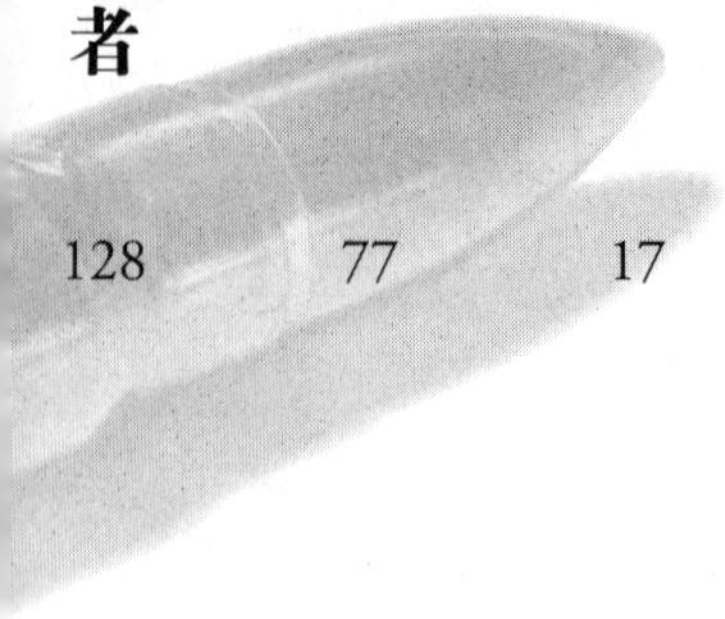

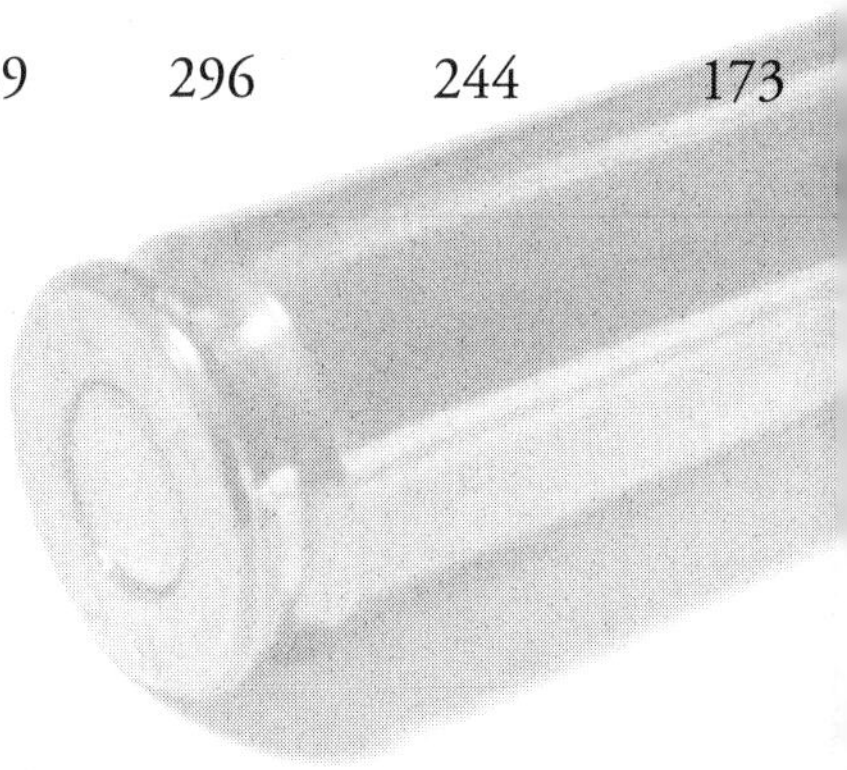

目次デザイン／かとう みつひこ

DELETE-1　D1警視庁暗殺部　主な登場人物

周藤《すどう》一希《かずき》（ファルコン）……処刑執行人兼D1のリーダー。ナイトホークカスタムを愛用する射撃の名手。元警視庁捜査一課強行犯係。

神馬《じんば》悠大《ゆうだい》（サーバル）……処刑執行人。漆一文字黒波《うるしいちもんじくろなみ》という黒刀の仕込み杖《づえ》を操《あやつ》る刃物遣いの天才。元ヤクザの用心棒。

栗島《くりしま》宗平《そうへい》（ポン）……工作班員。武器、火薬、通信機器に加え、インターネットの住人たちについても精通している。元陸上自衛官。

伏木《ふしき》守《まもる》（クラウン）……情報班員。人の印象、記憶力を巧《たく》みに利用した諜報《ちょうほう》活動、潜入捜査を得意とする。元私立探偵。

真中《まなか》凜子《りんこ》（リヴ）……情報班員。世知《せち》に富み人の心理をくすぐる手腕は群を抜いている。元銀座ナンバーワンのホステス。

天羽《あまは》智恵理《ちえり》（チェリー）……連絡班員であり執行の見届け人。普段は優しい笑顔を振りまいているが、元レディースのトップで喧嘩《けんか》の達人。

菊沢《きくざわ》義政《よしまさ》（ツーフェイス）……暗殺部部長で第三会議《だいさんかいぎ》のメンバー。暗殺部の全貌を知る唯一の人物。普段は警視庁総務部の閑職にある。

加地《かじ》荘吉《そうきち》（ベンジャー）……暗殺部処理課〝アント〟の長。平時は警視庁技術職員として窓際の職にいる。

岩瀬川《いわせがわ》亮輔《りょうすけ》（ミスターD）……第三会議の設立者で現議長。通常は大学で防犯のスペシャリストとして教鞭《きょうべん》を執《と》っている。

プロローグ

浅川優未《あさかわゆうみ》は、背を壁にもたせかけて柱《はしら》の陰《かげ》にうずくまっていた。

オフィスのフロアを照らすはずの白々《しらじら》とした蛍光灯の明かりは落ちている。廊下から差し込む薄明かりだけで視界を確保していた。

優未は傷《きず》ついていた。右上腕の服は裂《さ》け、そこからのぞく傷口からは血があふれている。

タイトな人工皮革製のパンツの左腿《もも》に巻かれたシャツは赤黒く染まり、一部はすでに乾きはじめていた。弾丸が貫通した痕《あと》だ。

顔にも無数の裂傷《れっしょう》があり、血液を失ったからか蒼白《あおじろ》くなっていた。唇《くちびる》も紫に変色し、息も荒い。

それでも優未は息を潜めて物音と気配に神経を尖《とが》らせ、銃把《じゅうは》を握る右手に力を込める。

扱い慣れた愛銃グロック19の感触だけが頼りだった。

左耳には通信用のインカムを付けていた。手のひらを耳に被せ、小声で呼びかける。

「こちら、浅川。三課員、応答せよ」

しかし、返事はない。耳の奥に届くのは、虚《むな》しいノイズだけだった。

「どうなってんのよ……」

優未はつぶやいた。

浅川優未は、警視庁暗殺部第三課、通称D3を率《ひき》いるリーダー兼執行人だった。

元は警視庁公安部の作業班員で、数々の潜入事案をこなしてきた敏腕《びんわん》捜査員として、将来を嘱望《しょくぼう》されていた。

七年前、優未はある左翼系政治結社に潜入していたが、素性《すじょう》が割れてしまい、脱出する際に本丸と見込んで公安部が追っていた女性指導者を殺してしまった。

その責を問われて、記録を残さぬようにと登録を抹消され、司法警察職員としての身分をも失った。

いきなり無職となった優未は、わずかな蓄《たくわ》えを食い潰しながら細々《ほそぼそ》と暮らしていた。

その貯蓄も底《そこ》を突きかけた頃、〝ツーフェイス〟こと警視庁総務部の菊沢義政《きくざわよしまさ》から、警視庁暗殺部へスカウトされたのだ。

狙いすましたようなタイミングだったので、嵌《は》められたような気分になったが、次の仕事のあてがなかったこともあり、暗殺部への参加を決めた。

過酷な仕事ではあったが、暗殺部の職務は想像していたより性《しょう》に合っていた。

潜入に抵抗はない。悪い人間を陥《おとしい》れることにも罪悪感は一切ない。何より、ターゲットにバレないよう、日々緊張を強《し》いられる作業班の時とは違い、万が一の場合、敵を殺してもかまわないという免罪符《めんざいふ》が、優未の心を軽くさせていた。

優未はD3起《た》ち上げ当初からリーダーを任された。

その期待に応《こた》え、メンバーと共に次々と仕事をこなしていった。

D3の仲間も信頼していた。一定の距離感を持ったドライな関係だが、仕事となると各人が任務を完璧なまでにこなす。

他のチームがどのような関係性で仕事をしているのか知らないが、優未にはこの深く立ち入らない、無駄な会話もない関わり合いが心地よかった。

その最高のメンバーと今回臨《のぞ》んだのは、医薬品ベンチャーによる非人道的事案だった。

この会社では、新薬開発において非合法な人体実験を行なっていた。その間、死者が出ているにもかかわらず、医師を抱き込んで偽《にせ》の死亡診断書を提出し、悲惨な事態を隠蔽《いんぺい》しながら開発を続けていた。

傍《かたわ》ら、証券会社と結託し、新株予約権を乱発しては資金を集め、それを研究開発費には回さず、一部役員の資産運用として流用し、私腹を肥《こ》やしていた。

優未たちはこの日の夜、ターゲットとなる会社経営者、役員、協力していた医師、資産運用の代理人を務めていた証券マンが一堂《いちどう》に会《かい》するという情報を得て、暗殺の執行に着手した。

仕事は難しくないはずだった。

ただ一つ難があるとすれば、医薬品ベンチャーの十階建て自社ビルのセキュリティーくらいだったが、その内部情報も手に入れていた。

優未たちは、午後九時を回ったところで、通用口のセキュリティーを解除し、侵入した。

最上階の会議室に集まっているという情報を元に、非常階段とエレベーターの二手に分かれた計六人のメンバーで、一気に攻めることになった。

難なく最上階へ到達できた。

優未を先頭に、ワンフロアをぜいたくに使った会議室の扉《とびら》に手をかけた。

その瞬間だった。

けたたましい炸裂音《さくれつおん》とともにドアの向こうから無数の銃弾が飛んできた。

優未は反射的に扉の左側へ飛び転がったが、その際、左太腿を撃《う》ち抜かれた。

他のメンバーも即座に回避行動をとっていたが、弾幕《だんまく》により暗殺執行の見届け人の男が死んだ。

優未たちは傷を負いながらも逃げた。しかし、さらなる悪夢が待っていた。

階下からは銃だけでなく、ナイフや日本刀で武装した敵も現われた。

情報班員の女は、抵抗虚しく、複数の刃物に前後から体を貫《つらぬ》かれ絶命した。

だが、やられっぱなしではなかった。

優未や他のメンバーは、次々と湧《わ》いてくる敵を倒しながら退却を図《はか》る。

優未はメンバーの中で唯一の銃遣いだった。的確に敵の頭部を撃ち抜きながら、やっとたどり着いた非常階段を駆け下りた。

その間に、他のメンバーとははぐれた。それぞれが散って逃げたのだろうと思っていた。

走りながら、インカムで状況の把握をしようとしていた。が、一人、また一人と連絡は途絶《とだ》え、同じく執行人を務める男からの通信を最後にインカムは無言になった。

優未が五階まで降りたところで、下から何者かが大挙して階段を駆けのぼる足音が聞こえた。

とっさに五階フロアの入り口ドアを引き、ひと気のない消灯されたオフィスに飛び込んだ。

それから、どのくらい経《た》っただろうか。

おそらく、十分ほどだろうが、体感的には、一時間にも二時間にも感じている。

時折、ポケットに入れた手のひらに隠せるサイズの小型スマートフォンを取り出し、通信を試みる。

しかし、電波は圏外のまま。この建物は外部との通信電波を一切遮断しているようだ。緊急信号を出すこともできない。

第三会議には、今日の執行の時間と場所は報《しら》せてある。見届け人から執行終了の連絡が入らなければ、暗殺部処理課、通称アントが動きだす。

腕時計を見る。執行終了予定時刻まで、あと三分。それを過ぎれば、アントがビルになだれ込み、状況を確認して異変に対処してくれる。

彼らが五階へ到着するまでの時間を見積もって、あと五分、敵の攻撃をしのぎ切れば、助かる確率は高くなる。

廊下から複数の足音が聞こえてきた。

「捜せ!」

命令する男の声も聞こえる。

優未は背を丸め、身を縮《ちぢ》めた。敵の影を目で追いながら、一方でこれまでの経緯を振り返っていた。

なぜ、こんな事態に陥ったのか。どうにも腑《ふ》に落ちない。

どこで間違った……。

研修を終え、暗殺部で本格的な活動を始めて六年弱。こんなことは初めてだ。いや、想定すらしていなかった。

事前の手続きはいつも通りだった。

第三会議がクロ判定を下し、ツーフェイスから依頼が来て、メンバーとともにターゲットの動向を調べ、執行に踏み切った。

様々な情報が上がってきたものの、それをただ鵜呑《うの》みにすることはない。いくつもの角度から検証し、情報の精度を高めて、執行の段取りを積み上げてきた。

メンバーの誰かが裏切ったのか、とも考える。

仲間を疑いたくはないが、事ここに至ってはそれもまた一つの可能性ではある。

しかし、記憶にある限り、誰にも不審な点はなかった。

自分たちを排除しようとする何かを感じれば、むしろ、それを利用してさらに深く情報を取ろうとするはず。そしてその情報は共有されるはずだ。

疑いなく、その情報を信じたとすれば、それは疑う必要のない人物からもたらされたもの、という結論に至る。

やはり部内に裏切り者がいるということか？

思考がそこへ行きついた時、優未の潜むオフィスのドアがゆっくりと開いた。消されていた明かりが点《とも》る。

暗闇《くらやみ》に慣れた視界が白く瞬《またた》く。一瞬目を細めた。

瞬間、ドア口の方から凄《すさ》まじい掃射《そうしゃ》が始まった。

複数の銃口から聴覚が麻痺《まひ》するほどの轟音《ごうおん》が鳴り響く。机上《きじょう》のパソコンや感染防止対策のアクリルプレートが砕け散り、デスクに無数の黒い点をうがっていく。硝煙《しょうえん》に目や鼻の奥が痛くなる。

優未は無力な子供のように頭を抱えて丸まった。跳弾《ちょうだん》が頬《ほお》を掠《かす》め、脇腹近くの壁を抉《えぐ》る。埃《ほこり》や破片が降《ふ》りかかる。

なんだ、こいつら！

反撃しようにも動けない。今、少しでも体勢を起こせば、たちまち弾幕の餌食《えじき》となる。

優未が背をつけている壁の上には窓ガラスがある。しかし、弾丸が当たっているはずなのに砕《くだ》けていない。

防弾仕様のようだ。

なぜ、一般企業のビルが銃弾にも耐える防弾ガラスを使っているんだ？

疑問がよぎる。が、すぐ目前の危機に思考は中断する。

このまま掃射が続けば、とてもじゃないが五分はもたない。

なんとかしなければ……。

打開策を思案《しあん》するものの、何も思いつかない。それほど、掃射は激しい。

といって、何もしないまま殺《や》られるわけにはいかない。優未はその場に寝ころび、銃声のする方へ身体を向ける。ドア口に並んでいる何本かの脚が見えた。

ポケットから替えのマガジンを取り出し、左手に握る。右手に持ったグロックを男たちの脚に向けた。

大きく息を吸い込んだ。

やるしかない！

男たちの脚を狙《ねら》う。息を短く吐き出すと同時に、引き金を絞《しぼ》った。

悲鳴が上がった。サブマシンガンを手にした男たちが一人、また一人と膝《ひざ》を折る。

優未はまばたきもせずに撃ち続けた。可能な限り速く指を操り、傷ついた腕で反動を押さえ込む。

弾が切れた。薬莢《やっきょう》を吐き出したスライドが後退している。素早く空《から》のマガジンをリリースし、左手の中のマガジンを挿《さ》そうとした。

その時、膝を撃たれ倒れた男がサブマシンガンを連射した。優未の腹部に銃弾が突き刺さる。

左手に持っていたマガジンが床に落ちた。腹部に感じる熱さをこらえ、拾《ひろ》おうと手を伸ばす。

倒れたままサブマシンガンを握っている男と目が合った。

優未はとっさに、スライドが後退したままの銃を男に向けた。

男は惑《まど》わされることなく、銃口を優未へと動かす。

タタタン！　軽やかに短い連射音が響いた。
いくつかの弾丸が優未の頭部を抉った。
首が傾く。背後の壁に赤黒い血肉が飛び散った。
生気を失った優未の目は、流れる血の川を見つめていた――。

第一章　Dの壊滅

1

菊沢義政は警視庁本庁舎三階総務部にある窓際の自分の席から、外を眺めていた。新緑《しんりょく》の映《は》える頃、昼食後にのどかな陽射《ひざ》しを浴《あ》びていると、強烈な眠気が襲ってくる。

世間では、新型コロナウイルスの感染対策でリモート化が進んでいるが、警察はその仕事柄、庁舎や警察署へ出なければならないことも多い。

机の間を離したり、飛沫《ひまつ》防止のアクリルプレートを設置したり、室内にいる時はマスク着用が義務付けられたりと変化もあるものの、庁舎内に入るとコロナ禍《か》以前の雰囲気とあまり違いがない。

昼休みが終わり、仕事が始まったが、のんびりとした空気は変わらず。

思わず、菊沢はあくびをした。鼻先に引っかかっていたマスクが大きくずれる。

すると、総務部長の山田《やまだ》が眉《まゆ》を吊《つ》り上げ、駆《か》け寄ってきた。

「菊沢さん！　マスクが外れてます！」

大きな声で怒鳴《どな》った拍子《ひょうし》に、山田のマスクもずれて鼻がのぞく。

「大声も禁止ですよ、部長」

菊沢は指先でマスクをつまんで上げた。

「あなたが大声を出させているんでしょうが！」

山田はマスクを上げると、手のひらで何度も押さえた。

「だいたい、あなたは毎日窓際であくびばかりして、なんなんですか！　総務として、庁内の感染対策状況を見て回るとか、使えそうな感染防止グッズを探すとか、やることはいろいろあるでしょうが！」

山田の声が上擦《うわず》る。

山田は新型コロナウイルスが流行《はや》りだして以来、カリカリしていることが多くなった。緊急事態宣言が発令されると、さらにヒステリックになり、一日中怒鳴りちらしている。

いつもは怒られる菊沢を見て笑っている職員たちも、さすがにこのところの山田の神経質ぶりには辟易《へきえき》しているようだ。

「だいたい、だいたい――」

「部長、またマスクが」

指摘すると、再びせかせかとマスクを上げて、手のひらで押さえる。

「あなたのような人がいるから――」

さらに小言を続けようとした時、女性職員から声がかかった。

「菊沢さん、サトウヒロシさんという方が受付に来られているそうですが」

「ああ、佐藤《さとう》君ね」

菊沢は立ち上がった。

「誰なんです、サトウヒロシというのは！」

山田が睨《にら》む。

「電気工をやっている遠縁《とおえん》の子でして。コロナの影響で働いていた工務店を解雇されて、どうしたものかと相談されたもので、うちでどうだと。ちょうど加地《かじ》さんが技術職員を探していましたものでね。一度、仕事を見てもらって、働けそうなら、今年度の試験を受けてみてはどうかと勧めようと思いましてね。ＯＢ訪問みたいなものです」

「ここは一般企業じゃないんですよ！　あなたは何を考えているんですか！」

「やっぱり、ダメですか？」

「ダメです！　ダメダメダメ！」

山田のマスクが完全にずれ、露《あら》われた口から唾《つば》が飛び、アクリルプレートに付着する。

山田の腰巾着《こしぎんちゃく》の男性職員が、駆け寄ってきた。

「部長！」

「なんですか！」

マスクがずれたまま、顔を向ける。腰巾着に細かい唾がかかった。

腰巾着はあわててハンカチを出した。

「部長、副総監から連絡が」

顔を拭《ぬぐ》いながら言う。

「あとでこちらから連絡すると伝えてください！」

「そうじゃなくて、そのサトウヒロシの件です。見学を許可するとのことです」

「なんですって！」

目を吊り上げて、ぶるぶると唇を震わせた。

「あー、言い忘れていました。瀬田《せた》副総監には話しておいたんです。その時に、許可をいただいていました。これからは、警察も開かれた組織であらねばならない。個別訪問のテストケースとして、佐藤君からも意見を聞かせてほしいと」

「なぜ、あなたはそれを早く言わないんですか！」

「てっきり、部長には伝達されているものと思い込んでいましたもので」

「もういいです！　さっさと行ってください、さっさと！」

「では、失礼します」

菊沢は深く頭を下げて、部屋を出た。

「まったく、あの人は……」

山田はマスクがずれていることも忘れて、歯ぎしりをした。

「部長……」

腰巾着がマスクのことを言おうとした。

「なんですか！」

山田が振り向いて、声を張る。

「部長、マスクを！」

腰巾着はまた、ハンカチでごしごしと飛んできた飛沫を拭った。


受付に降りると、ぼさぼさ頭の眼鏡《めがね》をかけた猫背《ねこぜ》の男がうつむいて立っていた。頬《ほお》はネズミのように膨《ふく》らみ、色の悪い唇から前歯が二本にょきっと出ている。

「やあ、佐藤君」

菊沢は右手を上げ、笑顔で近づいた。

佐藤が首を突き出して一礼する。

菊沢は受付カウンターに近づき、面会ボードに名前を書き込んだ。

「菊沢さん」

職員が小声で呼びかける。

顔を近づけた。

「あの方、本当に電気工なんですか？」

菊沢越しに佐藤を見た。

「彼は極度の人見知りでね。でも、ああ見えても電気工事に関してはピカイチの腕を持っているんだよ」

「そうですか。なら、いいんですけど、訪問時はもう少しさっぱりとした格好をしてきてくれるとありがたいです。最初、不審者かと思ってしまいましたから」

「それはいらん気苦労をかけてしまったね。それとなく言っておくよ」

菊沢は言い、佐藤に近づいた。

「よく来てくれたね。ご両親は元気かな？」

「はい、おかげさまで」

掠《かす》れた小声で言う。

「そうか、よかった。こっちだ」

菊沢は佐藤をエレベーターホールへ促し、前を歩きだした。佐藤が猫背のまま、すり足でついていく。

斜《なな》め後ろにピタッとついた佐藤が小声で訊いた。

「俺が来てよかったんですか？」

「誰も気づかんよ」

菊沢は前を向いたまま答える。

二人はエレベーターへ乗り込み、地下二階の空調管理室へ降りた。

中へ入ると、事務所には加地と若い技術職員が二名いた。

「やあ、こんにちは」

菊沢が若い職員に声をかける。

二人ともちらっと菊沢を一瞥《いちべつ》するだけで、会釈《えしゃく》もしない。

「君たちの仲間になるかもしれない、佐藤君だ」

佐藤を紹介する。

と、若い職員がそれぞれ口を開いた。

「人は足りてますよ」

「ていうか、ここの室長が頼りになれば、余裕なんですけどね」

すぐ近くにいる加地に対する愚痴《ぐち》を垂れ、二人して立ち上がる。

「空調のチェックに回ってきます」

「見学者に説明しなきゃいかんだろう」

加地がのんびりした口調で言う。

「それは室長の仕事ということで。俺ら、忙しいんで」

若い職員は冷たく言い放ち、地下室から出て行った。

「ひどい扱いですね」

佐藤が苦笑する。

「これでいいんだよ。ようこそ、警視庁へ。いや、おかえりと言うべきか、〝ファルコン〟」

加地が低い声で労《ねぎら》った。

「ここへ戻ってくるわけじゃないですから」

佐藤が小さく微笑《ほほえ》む。

佐藤は変装した警視庁暗殺部第一課のリーダー、周藤一希《すどうかずき》だった。

「こっちだ」

加地は立ち上がり、事務所を出た。フロアの奥へ進む。菊沢と周藤はあとについた。

一見何の変哲《へんてつ》もない壁の前で立ち止まる。壁際に並べてあるパイプ椅子をどけ、壁の隅《すみ》にある穴に小さいディンプルキーを差し込んだ。

「ビスの穴にしか見えませんでした」

「秘匿《ひとく》だからな」

加地は言い、ディンプルキーを差して取っ手にし、壁を引き開けた。

菊沢が入っていく。

「入れ」

周藤に言う。

周藤は加地に会釈をし、中へ入った。

モニターが並ぶ通信ルームだった。

「終わったら、信号を送る」

菊沢が言うと、加地がゆっくりと壁を閉めた。一瞬真《ま》っ暗《くら》になるが、すぐに青白い明かりが点《とも》った。

菊沢はくたびれたスーツを整え、ネクタイを締め直し、髪型を手のひらでならした。

「こんなところに、通信施設があるんですね」

「ここなら誰も疑わんからな。パイプ椅子ですまんが、私の横に座ってくれ」

そう言い、菊沢は中央のハイバックチェアーに腰を下ろした。

周藤は壁に立てかけられたパイプ椅子を取った。

「変装のままで大丈夫ですか？」

「問題ない。変装を解《と》くと、ここから出る時に大変だろう」

菊沢が周藤を見やる。

周藤はうなずき、菊沢の隣にパイプ椅子を置き、座った。

菊沢がモニターのスイッチを入れる。菊沢の鎖骨《さこつ》から上だけが映《うつ》っている。

手前の操作盤のキイを動かすと引きの映像になり、周藤の姿も画面に入った。

すると、中央の大型モニターの両サイドに設置されたモニターに人物が映し出された。

向かって右に映っているのは警視総監の井岡貢《いおかみつぐ》。左のモニターには第三会議議長、岩瀬《いわせ》川亮輔《がわりょうすけ》が映し出されていた。

——周藤君、わざわざ第三会議のリモート室まで足を運んでもらって申し訳ない。

岩瀬川が太い声で言う。

「いえ」

周藤は顔を横に振った。

——それにしても、まったくの別人だな。

井岡が言う。

「必要な場面もあるので、個々のメンバーがある程度の変装術を会得《えとく》しています。さすがにここまで化《ば》けるには、一人では無理でしたが」

——いやいや、見事なものだ。頼もしい。

「ありがとうございます」

周藤は頭を下げた。

「しかし、私がここに参加していいのでしょうか？」

──緊急事態だ。

岩瀬川は髭《ひげ》を蓄《たくわ》えた口をへの字に結んだ。濃い眉毛の尻が上がり、眉間《みけん》に縦《たて》じわが立つ。

井岡も厳しい表情になった。

現行法では裁《さば》けない凶悪事案に対処するため創設されたのが警視庁暗殺部だ。

その暗殺部を統括する組織が第三会議。国家公安委員会の内部組織で、〝ミスターD〟こと岩瀬川を中心とした警察トップが集《つど》う諮問《しもん》機関である。

本来、第三会議に暗殺部各課の課員が参加することはない。

第三会議の役割は、第一調査部が上げてきた事案を第二調査部が詳細に調べ、その情報を基《もと》にシロ、クロ、グレーの判定を下し、一課から三課まである暗殺部各課のいずれかに執行を依頼することだった。

つまり、周藤たちはただの実働部隊で、事案について執行の可否《かひ》を決定する立場にはないので、参加しても仕方がない。

しかし、今日は菊沢からすぐ警視庁へ来るよう命じられた。

──君の他に、第二課のリーダーも瀬田君とともにこの会合に参加している。ただ、画像と音声は双方には届かないよう設定してある。そこは了承してもらいたい。

岩瀬川が言った。

二課のリーダーも別の場所で会議に参加しているとは……。

よほどの事態であることは容易に想像がついた。

――まず、暗殺部の諸君に知らせねばならないことがある。

岩瀬川が重々《おもおも》しい口調で切り出す。

――暗殺部第三課が全滅した。

周藤は目を見開いた。菊沢と井岡は顔に沈痛《ちんつう》の色を滲《にじ》ませた。

――何者かが第三課を誘導し、敵の巣窟《そうくつ》に送り込んだ。三課員はなすすべなく、全員殺された。

「どういうことですか?」

周藤は思わず訊《き》いた。

――聞いての通り、そのままだ。暗殺部第三課は殲滅《せんめつ》された。

岩瀬川の眉間の縦じわが深くなる。

岩瀬川の視線が右側を向いた。モニターの下に〝どういう状況だったのでしょうか〟と文字が出る。二課のリーダーが質問をしているようだ。

――三課は立川《たちかわ》市郊外にある研究拠点に突入する予定だった。しかし、我々に報告もないまま、執行場所が変更されたようで、通信は途絶、緊急信号の受信もできなくなった。

執行予定時刻から二時間後、ようやく三課リーダーの緊急信号を受信し、発信源を追って奥多摩《おくたま》の山奥へ向かったが、そこに三課全員の遺体が捨てられていた。遺体は岩を背に座った状態で並べられていた。何者かが彼らを襲って殺害し、そこまで運んで遺棄したのはあきらかだ。

岩瀬川が状況を述《の》べる。

話を聞く周藤の顔は険《けわ》しくなる。おそらく、二課のリーダーも同様の表情をしているだろう。

様々な疑念が湧《わ》く。

「三課が執行場所を変更した理由は？」

周藤が訊いた。

——まだわかっていない。関わりのない者からの指示を受けることはないだろうから、内部の者の関与も含めて調査中だ。

岩瀬川の言葉に、井岡が苦悩の表情を覗《のぞ》かせた。

〝死因は？〟

二課のリーダーが訊く。

——主《おも》に銃によるものだ。九ミリ弾が使われているところから見て、H《ヘッケラー》&K《コッホ》MP5のようなサブマシンガンが使われたようだ。今、線条痕《せんじょうこん》の解析を進めている。

拳銃などではなく、比較的強力な武器を使っているということか……。話を聞きながら、周藤は思った。

「抵抗の形跡はなかったんですか？」

菊沢が訊く。

――三人の手には硝煙反応《しょうえんはんのう》が残っていた。特にリーダーの指や手のひらは腫《は》れていて、かなり激しく応戦した様子が窺《うかが》える。

「それでも殺《や》られたのか……」

周藤のつぶやきをマイクが捉《とら》えていた。

――そういうことだ。顔の判別がつかなくなるほど撃たれた者もいる。敵は圧倒的人数と火力で、三課を殲滅したものと思われる。そこでだ。

岩瀬川は語気を強めた。

――今回は一課と二課、合同で敵の素性《すじょう》、背景の調査、および最終的には処分を実行してもらいたい。合同といっても、君たちやメンバー同士が顔を合わせることはないがね。

〝我々だけで大丈夫ですが〟

二課のリーダーの言葉がモニターに浮かぶ。

周藤は特に何も言わない。決定に従うのみ。他の課のメンバーにライバル心もなければ、興味もない。

――これは暗殺部存続を懸けた緊急事態だ。しかも敵には、暗殺部メンバーの素性を知りうる立場にある者が加わっている可能性が高い。これは君たちだけの問題ではなく、第三会議、ひいては国家の問題だ。異議は認めない。

岩瀬川は一刀両断《いっとうりょうだん》する。

――現在、進行している二課の事案は一時凍結。今回の件が解決するまでは、この事案に専念してもらう。第一課の指揮は菊沢君が、第二課の指揮は副総監の瀬田君が執《と》ることとする。具体的な指示は追って各指揮官を通じて出す。それまで十分注意をしながら、待機していてもらいたい。以上だ。

一方的に命じ、岩瀬川を映すモニターは消えた。通信を切ったようだ。

――ということだ。菊沢君と瀬田君は私の部屋へ来るように。各課のリーダーは指揮官の指示に従って退庁してもらいたい。くれぐれも気をつけるように。

そう言い、井岡も通信を切った。

「では、瀬田副総監、そちらをよろしくお願いします」

〝君も一課の諸君を頼む〟

瀬田の返事が文字で記され、すべての通信が終了した。

菊沢は椅子にもたれ、深く息をつく。

「とんでもない事態が起こったものですね」

周藤が言う。

「ああ。暗殺部のメンバーの一人、二人が命を落とすことは想定していたが、課ごと殲滅されるとは思ってもみなかった」

菊沢は再び、深い息を吐いた。

「とりあえず、君を玄関まで送っていく。チェリーには一課メンバーへ緊急招集をかけるよう伝えてある。君はＤ１オフィスへ行って、今の話を課員に伝えてくれ。そして、私からの指示があるまで、全員オフィスで待機だ」

「わかりました」

周藤は菊沢と共に席を立った。

2

新宿副都心《しんじゆくふくとしん》の第一生命《だいいちせいめい》ビル十五階にある〈Ｄ１オフィス〉には、警視庁暗殺部第一課の面々が顔を揃《そろ》えていた。

一般企業を装《よそお》っているこのオフィスには、普段、連絡役兼見届け人の〝チェリー〟こと天羽智恵理《あまはちえり》しかいない。

一同が顔を揃えるのは、第三会議から案件が下りてきた時、または仕事に関連する会議を行なう時、執行が終わったあとくらいのものだ。

通常は、菊沢から智恵理に指令が飛び、智恵理が一課の面々に連絡を入れ、指令通りの日時にメンバーが集まるという流れだ。

が、今回は緊急招集だった。

緊急招集がかかった場合、暗殺部員はいかなる状況であっても遅滞《ちたい》なく各課のオフィスへ出向かなければならない、という決まりがある。

智恵理は普段通りのスカートスーツ姿だったが、急いで駆《か》けつけた他のメンバーたちは、いつもとは少し違う格好をしていた。

情報班員の〝リヴ〟こと真中凜子《まなかりんこ》は、ジーンズにワイシャツというラフな格好だった。長い栗色の髪も束ねているだけで、化粧っ気《け》もほとんどない。しかし、隠しようもない色香が漂っていた。

工作班員の〝ポン〟こと栗島宗平《くりしまそうへい》は、着古した印象のグレーのスウェットの上下を着ていた。起き抜けのまますぐ家を飛び出してきたそうで、全身灰色の姿は大きな犬のようだ。寝巻代わりだろうスウェットからは、かすかに饐《す》えた汗の臭いがしている。

疲れた顔をしているのは、連日、新しい武器の開発に取り組んでいて、寝不足のせいだと凜子に語っていた。

普段とまるで違う格好をしていたのは、情報班員の〝クラウン〟こと伏木守《ふしきまもる》だ。日頃は上質なスーツに身を包んで洒落《しゃれ》たハットを被り、そこからのぞく天然パーマの髪まで演出されているかのようだが、この日はめずらしく、革のパンツを穿《は》き、ライダースジャケットを着ていた。

いつもは優雅にすら見えるカールがかった髪もほとんど爆発したように乱れ、耳には鈍《にぶ》い光を放つ銀のピアスがジャラジャラと並んでいる。

それを見て、智恵理も凜子も栗島も大笑いしていた。

「ほんと、似合わないね」

智恵理は笑いすぎて流れた涙を指の背で拭《ぬぐ》った。

「サーバルにでもなりたいわけ？」

凜子が意地悪な笑みを向ける。

「だから、さっきも言っただろ？　デート予定だった女の子がヘビメタ好きだっていうから、合わせただけだって」

伏木は智恵理と凜子を睨む。

そして、栗島を見た。栗島もうつむいて、肩を震わせている。

「ポン。言いたいことがあるなら、言ってくれ」

「いや、僕は何も――」

声を出した拍子《ひょうし》に堪《こら》えきれなくなり、笑い声を漏《も》らす。

「ポンにまで笑われるとは……」

あからさまにため息をつく。

「いや、僕はそういうつもりでは——」

言い訳しようとするが、栗島の口からこぼれる笑い声は止まらない。

「スーツ脱いだだけで、こんなにも笑わせてくれるなんて。ありがとうね、クラウン」

「そういういじりはやめてくれよな、リヴ。こう見えてもグラスハートなんだから」

苦笑いを浮かべた。

ドアが開いた。

「何、笑ってんだ？」

聞き慣れた声がした。

全員がドア口に目を向ける。とたん、みんなの目が点になった。

「あの、どちら様でしょうか？」

智恵理が訊いた。

ドアのところに立っていたのは、ダークグレーのスリーピースを着てネクタイを締めた、細身の男だった。髪はこざっぱりと短く整え、茶のセルフレームの角眼鏡をかけている。

「どちらもこちらもねえ。おれだよ、おれ！」

声は神馬《じんば》だった。

神馬悠大《ゆうだい》は、暗殺部一課の処刑執行人だ。漆一文字黒波《うるしいちもんじくろなみ》という銘《めい》の黒刀を操る刃物遣いの達人である。

ヤクザの用心棒を生業《なりわい》にしていたこともあり、裏社会界隈では〝黒波〟の名で通っていた。

一課では、その俊敏な動きと驚異の跳躍力で敵に襲いかかる姿がサーバルキャットを彷彿《ほうふつ》させることから、〝サーバル〟というコードネームで呼ばれていた。

「ほんとにサーバルなんですか!」

栗島が声をひっくり返す。

「おれといやあ、おれに決まってんだろうが。殺すぞ、おまえら」

ネクタイを緩《ゆる》めながら、入ってくる。

ホワイトボード前のソファーへ歩み寄る途中、伏木の横で足を止めた。

「似合わねえな、ライダースもピアスも」

にやりとして冷ややかに見下ろす。

「君こそ、そのスーツ――」

言い返そうとしたところに、凜子が割って入った。

「似合ってるわよ、サーバル」

頰杖《ほおづえ》を突いたまま、目を細める。

「さすが、リヴはよくわかってる」

伏木を一瞥し、ソファーに座って脚を組んだ。

「あんたがスーツなんてめずらしい……というか、初めて見たよ」

智恵理は目を丸くしていた。

「総会屋の手伝いに駆り出されてたんだよ」

「あんた、そんなことやってんの？」

智恵理が睨む。

「ちょっとした小遣い稼ぎだ。それに、そうした連中と付き合っておかねえと、いざって時、情報を集められねえだろうが」

「お金が欲しいだけでしょ」

智恵理が胸の前で腕を組む。

「金はあっても困らねえからな」

神馬は悪びれもせずに言った。

「で、用件はなんなんだよ」

智恵理を見上げる。

「私にもわからないんだ」

「おまえ、連絡役だろ？　しっかりしてくれよ」

「知らされていないものを答えることはできないでしょう？」

「頼りねえなあ、うちの見届け人は」

　神馬が毒づく。

「じゃあ、他の課に行ったら？」

「そうだな。ツーフェイスに言ってみるか」

「ちょっと、サーバル……」

　栗島が腰を浮かせて、止めに入る。

　と、凜子が笑った。

「させときなさいよ。バカップルの痴話喧嘩《ちわげんか》みたいなものなんだから」

「バカップルじゃねえ！」

「バカップルじゃない！」

　神馬と智恵理が声を揃える。

　それを見て、伏木も笑った。栗島も安堵《あんど》したように頬を緩ませ、腰を下ろす。

「にしても、なんなのかしらね。仕事中の緊急招集は何度かあったけど、オフに呼び出されるのは初めてじゃない？」

　凜子が言う。

「そうだね。よっぽどのことだろうね」

伏木が倣《なら》う。

「暗殺部の解散とかですかね」

栗島がおずおずとつぶやく。

「それもあるかもしんねえな。おれは、ここがあろうとなかろうと関係ねえけど」

冷たく言い放つ神馬を、智恵理が睨む。神馬は涼しい顔でやり過ごした。

再び、ドアが開いた。

周藤が入ってきた。

「ファルコン、遅かったね」

栗島が笑顔を向ける。

周藤は栗島をちらっと見ただけで、硬い表情のまま奥へ進んだ。伏木と神馬の姿も目に入っているはずだが、一言もない。

周藤から放たれる緊張感で、先ほどまで和んでいた空気は一瞬で尖った。

「サーバル、自席へ」

ソファーに座っていた神馬に言う。

神馬は黙って従った。

「チェリーも座ってくれ」

周藤が言う。智恵理は周藤を見つめたまま、そっと腰を下ろした。

周藤はホワイトボードの前に立った。一同を見やる。そして、神馬を見据え、口を開いた。

「暗殺部三課が全滅した」

3

警視総監室では、井岡貢警視総監、瀬田登志男《としお》副総監と菊沢の三者会談が始まっていた。

誰もが事態の重大さを感じ、口が重い。

「もう一度、事実関係を整理してみよう」

井岡が菊沢を見やる。

菊沢は首肯《しゅこう》し、手元のタブレットに目を落として口を開いた。

「今回、三課が担当した事案を持ち込んだのは、第一調査部の須黒哲志《すぐろさとし》。元信用調査会社の調査員です。ターゲットの一つである医薬品ベンチャー〈アデノバイオ〉の治験《ちけん》に関する情報を得たことから始まります。アデノバイオの元治験担当者である小坂井章一《こさかいしょういち》は、須黒君に対し、まだ非臨床試験が終わっていない開発中の薬を人体に投与し、複数の死者を出している実態を告発しています。その後、第一調査部の安藤誠《あんどうまこと》調査員と共に実態を調べ上げ、私たちも参加した第三会議においてクロ判定がなされ、三課に執行を依頼したという流れです」

瀬田が訊く。

「須黒君と安藤君の身辺《しんぺん》調査は？」

井岡が答えた。

「それは第三会議の内部調査室が調べると、議長が言っていた」

菊沢が事実確認を再開する。

「三課はリーダーの浅川優未の下《もと》、案件の確定調査を進め、四人のターゲットを特定。立川駅から南へ車で二十分ほどの場所にあるアデノバイオが所有するビルにターゲットが一堂《いちどう》に会《かい》するとの情報を得て、当日二十一時に暗殺を決行。二十一時十分には執行が終了する予定でした。しかし、その時刻に三課は現場に現われず、連絡も途絶え、後に三課メンバー全員が奥多摩の山奥で遺体で発見されました」

「アントには、どういう連絡が入っていたんですか？」

瀬田が菊沢を見やる。

「加地さんに確認したところ、やはり、立川のビルで同時刻に執行するとの連絡が入っていたようです。その予定で、アントもビル周辺に配されていました」

菊沢が答えた。

アントとは、ターゲットの処刑が行なわれた後、遺体のみならず、執行現場のすべての後処理を担《にな》う暗殺部処理課の課員のことを指《さ》す。

多人数で、見事なまでに痕跡《こんせき》を消し去ることから、〝蟻《あり》〟と称されていた。

処理課の本部は、東京都中野《なかの》区の東京警察病院の地下にある。入り組んだ通路が四方八方へ延びている造りから〝蟻の巣〟と呼ばれている。

アントの主な仕事は遺体と執行現場処理だが、暗殺部からの要請で、ターゲットの監視や尾行、必要な道具の運搬などを手伝うこともあった。

暗殺部の職務遂行には欠かせない裏方集団だった。

「当日、アントにターゲットの尾行はさせていなかったんですか？」

瀬田が菊沢に訊く。

「もちろん、させていました。ターゲット全員、報告のあった立川の研究拠点に入りました」

「対象が別の場所へ向かったということは？」

「アントの報告では、ターゲットたちが別の場所へ移ったという痕跡はありません」

「三課の者たちは、ターゲットのいる場所に現われなかったということか？」

瀬田は腕組みをして唸った。

「そういうことになりますね」

　菊沢の表情も重くなる。

　井岡が口を開いた。

「流れから推察すると、執行寸前までは三課の動きもいつも通りだったと考えられる。執行直前の数十分、ないし一、二時間に何かあったと見るのが妥当《だとう》か」

「必ずしも、そうとは言えないかと思います」

　菊沢は井岡に顔を向けた。

「執行場所の変更は直前だったと考えられますが、執行日時と場所を第三会議に報告した後、何も連絡がないまま、別の場所で処刑を行なうということはあり得ません。処刑後、アントによる処理が必要だからです。少なくともＤ３の見届け人からはアント本部や私に連絡が入るはずです」

「もしくは、我々か、第三会議中枢にいる者に連絡はあったはず、ということになるな」

　井岡は瀬田を見やった。

「もちろん、私も総監も違いますが、疑われても仕方がないですね。第三者に疑念を晴らしてもらうしかありません」

　瀬田が言う。

「もう一点、浅川が急な変更を受け入れたということは、それが確かな筋《すじ》からの情報だったということです。執行場所の変更は重大事項ですから、第三会議、あるいは私に確認がなかったのも不自然です。確認の必要がなかったとすれば、それなりの背景を持った人物が変更を伝えたということになります」

「やはり、いずれにせよ、第三会議の中の者か……」

井岡はソファーの肘掛《ひじかけ》を握った。

「もう一つ、そもそも我々の側に、偽《いつわ》りの執行場所が知らされていたのかもしれないという可能性があげられます」

「そうなると、D3見届け人の相馬《そうま》君が偽情報を流したということになるな」

瀬田の発言に菊沢がうなずく。

「相馬君が何者かと通じていたということか？」

井岡が訊く。

「それは今後の調査で判明すると思いますが、相馬君が関係していたにせよ、彼単独で画策《かくさく》したわけではないでしょう。暗殺部のメンバー構成はトップシークレットですが、それが漏れていたと見た方がよさそうですから、他にも今回の件に関わっている内部の人間がいると考えるのが自然かと思われます」

菊沢は率直に自分の考えを述べた。

瀬田が井岡を見た。

「総監、議長はこの件を一課と二課に調べさせると言いましたが、私としては、しばらく暗殺部の活動を凍結したほうがいいのではないかと思うのですが」

　瀬田は井岡を正視した。

「内部の者が関わっているなら、一課と二課のメンバーの素性も知られている可能性も高いでしょう。三課が何を仕掛けられ、どう罠《わな》に嵌《は》められたのか、おぼろげにでも経緯が判明するまで動かない方が、彼らを守れます。議長に進言していただけないでしょうか」

　前のめりに言う。井岡は黙ったままだ。瀬田は続けた。

「私は彼らを守ってやりたい。通常の任務でも命を落とす危険のある仕事を彼らに強《し》いてきた。これ以上の危険にさらす指示は出したくないというのが正直な気持ちです」

　目に力を込める。

「君の気持ちはわかる」

　井岡は少しうつむいた。そして、やおら顔を上げた。

「しかし、彼らの命に関わる重大な事案だからこそ、彼ら自身の手で解決する必要があるのではないかな」

　瀬田を強く見返した。

「第三会議に任せて、自分たちはじっと解決を待つ。そういうことができる面々ではなかろう。なあ、菊沢君」

井岡は菊沢に顔を向けた。

「そうですね。私も副総監と気持ちは同じですが、見立ては総監と同じです。おとなしくしている連中じゃないでしょうね」

苦笑し、続ける。

「であれば、我々が管理している方がまだ彼らを守ることになります。少なくとも、議長とここにいる三人は、敵側の人物ではないでしょうから」

「……そうですな」

瀬田はうつむいて微笑み、大きく息を吐いた。太腿《ふともも》に手を置いて、顔を上げる。

「わかりました。私たちが全力でサポートしましょう」

「私もそのつもりです」

菊沢が首肯した。

「では、各課の調査の振り分けを行なう」

井岡は仕切り直し、細かな打ち合わせを始めた。

4

周藤がＤ１オフィスに来て一時間後、菊沢がオフィスへ顔を出した。

ドアを開けた途端《とたん》、どんよりとした空気が菊沢を包んだ。みな、自席についたまま何も語らず、押し黙っている。

菊沢は一同の顔を見回し、奥へ進んだ。

「待たせて申し訳なかった」

声をかけるが、返事はない。連絡役を務めている智恵理すら、菊沢を見ようとしなかった。

ホワイトボードの前まで行き、もう一度全員を見やる。周藤とだけ、目が合った。

周藤は小さく顔を横に振った。

「諸君。ファルコンからあらましは聞いていると思うが——」

菊沢が切り出す。

遮《さえぎ》るように口を開いたのは、神馬だった。

「ツーフェイス。D3にふざけた真似《まね》をしやがった連中の当たりはついてんのか？」

顔を上げる。いつになく怒りに満ちた形相《ぎょうそう》で、眉間に縦じわを立てていた。今にも嚙《か》みつかんばかりの勢いだ。

めずらしくスーツを着ている神馬を見て、一言言いたかったが、その前に伏木が顔を起こした。耳に付けた金属がジャラッと鳴る。

「暗殺部、調査部も含めた第三会議の中に、今回の件に通じているヤツがいるんですよね。ファルコンの話を聞いた限りでは、そうとしか思えない」

　菊沢は伏木の格好にも目を丸くしたが、やはり、指摘できるような空気ではなかった。神馬と同じく、その双眸《そうぼう》は怒りに満ちていた。

　凜子が前髪を右手で梳《す》き上げた。

「ごめんなさいね、ツーフェイス。ピリピリしちゃってるけど、最も信頼すべき内側の人間に裏切られちゃったら、私たち、身の処し方に困っちゃうから、今回の話には驚きを通り越して怒っちゃってるんです。ねえ、ポン」

　栗島を見やる。

「そうですね。第三会議って、どんな組織よりもきっちりしていると思ってましたから、残念というか、失望したっていうか……。こんなことが起こるようだと、自分たちの仕事はできないんじゃないかって……」

　うつむいたまま、ぼそぼそと言う。

「私もみんなと同じ意見です」

　智恵理が菊沢を見上げた。

「ミスターDが、私たちに調査を命令したそうですけど、これはさすがに、私たちが踏み込む案件ではありません。せめて、どういう流れでこんな事態に陥ったのかがわからない限り、第三会議の下では動けないというのが、私たちの結論です」

「そうなのか？」

菊沢は周藤を見た。

周藤は首肯し、立ち上がった。菊沢に歩み寄る。

「今度ばかりは、こちらが正論です。俺もメンバーの意見を支持しますが、ツーフェイスの話も聞いて、最終判断を下そうと思っています」

そう話し、ホワイトボード前のソファーに座った。

全員の目が菊沢に向けられる。刺すような、非難めいたきつい視線だ。さすがの菊沢も気圧《けお》された。

菊沢は一つ咳払《せきばら》いをして深呼吸し、気持ちを仕切り直した。

「君たちの思いはよくわかった。わかった上で、私としては君たちに協力を要請する」

全員を見渡す。

「もちろん、第三会議は総力を挙げて、今回の件の調査にあたる。内部協力者が判明すれば、厳しい尋問の上、処分する。本来、全容が解明するまで、君たちは動かない方がいいと思うが、第三者に任せたきり姿を隠すのは、不安は増すし、納得もできないだろう。君たち自身の手で、少しでも調査を進捗《しんちょく》させることで、そうした懸念《けねん》は払拭《ふっしょく》されると私は思っているが」

「それはちょっと都合が良くないかしら？　第三会議のミスを、私たちに押し付けようという腹じゃない？」

凜子が頰杖をついて睨む。よほど腹が立っているのか、しゃべり口調もいつもの凜子とは違い、少々乱暴だ。

「そんなことはない」

即座に否定するが、

「信じろと言われてもねえ」

伏木が冷めた目で菊沢を見やる。

「ツーフェイスが悪いわけじゃないとは信じたいが、あなたが敵ではないという確証もない」

「私を疑っているのか？」

菊沢が気色《けしき》ばむ。

「当たり前だろ。何もわからねえんだろ？　あんたじゃねえって話にはならねえよ」

神馬は菊沢を睨みつけた。

「ツーフェイスが持ってきた情報を基に行動すれば、次は私たちが殺られるという危険性を排除できない。まずは、その疑念を晴らしてもらえないかしら」

凜子が言葉を重ねる。

菊沢は拳《こぶし》を握った。しかし、言い返せない。

彼らの言い分はもっともだ。

むしろ、これまで数々の危険な仕事をこなしてきたチームだからこそ、たとえ味方であろうと気を許さず警戒を解かないのだろう。

頼もしい限りだが、いったん敵に回るとなかなか手厳しい。

菊沢は大きく深呼吸して、凜子を見た。

「どうすれば、信じてもらえるだろうか？」

「それについてなんですけど」

智恵理が口を開いた。

菊沢が智恵理に顔を向ける。

「まず、現時点で判明している情報と三課が殲滅されるまでの経緯をすべて私たちに公開してください。少しでも何かを隠した形跡が見られた時点で、暗殺部一課は解散します」

智恵理は手元のタブレットを見ながら、淡々《たんたん》と言った。

「次に、資料を精査後、私たちは独自で調査に着手しますが、それは止めないこと。強引に軌道修正を図《はか》ろうとした時点で、暗殺部一課は消えます」

「おいおい、それは――」

菊沢が口を挟《はさ》もうとするところを、智恵理は遮った。

「もう一つ、二課と合同でということでしたが、それはきっぱりと拒否します。二課の見届け人、ブルーアイとも連絡を取り、確認しました。二課も、私たちとの合同調査には賛同しないとのことでした。どうしても合同でなければダメだというなら、暗殺部一課は解散し、各々《おのおの》単独で――」

「合同ということではなく、それぞれ調査領域は振り分けてある……のだが」

菊沢は両手を上げて、深くため息をついた。

U字ソファーに腰を下ろす。周藤と対面になった。

「要するに、我々が口を挟むこと自体、信用できないということだな？」

周藤を見やる。

「まあ、そういうことです。俺はそこまで敵対的にならなくてもと説得したんですが、逆に甘いと叱責《しっせき》されました」

周藤は苦笑した。

「まあでも、うちのメンバーの懸念は正しい。突き詰めていくと、ミスターDすら信用できません。この状況では、第三会議の下で動くこと自体リスクが高いと判断せざるを得ない、という結論に至りました。一課を解散するというのも本気です。万が一を考えれば、第三会議から離れて個々に姿を消す方が、危険を回避できますからね。ミスターDにそう伝えてもらえますか？」

菊沢をまっすぐ見つめる。

「まいったな……」

菊沢は渋い顔をして、うなだれた。何度目かのため息をついて顔を起こす。

「君たちの要求はよくわかったが、ミスターDがすべてを受け入れるとは思えない。さらに強引に一課を解散すれば、第三会議自体が君たちを潰《つぶ》しにかかる恐れも出てくる」

「上等だ。その時はミスターDの首を獲《と》ってやるよ」

神馬が吐き捨てる。

「まあ、落ち着け」

菊沢は神馬に弱り顔を向けた。

「一課の指揮は私が執ることになっている。上から降りてきた命令を君たちに伝え、君たちが集めてきた情報を上げる役目だ。第三会議が直接、君たちの調査に絡《から》んでくることはない」

「何が言いてえんだよ、ツーフェイス」

神馬が苛立《いらだ》った様子で睨みつける。

「私が目をつむれば、君たちの要望に応《こた》えられるということだ」

「いいんですか？」

周藤が訊く。

「いいも悪いも、そうでもしないとまとまらないということだろう？」

菊沢は苦笑した。

「これまでにわかっている情報はすべて下ろそう。新たに入ってきた情報についても、チェリーを通じて提供する。一つだけ頼みたいのは、君たちが担うはずだった調査に関し、時々情報を上げてほしいということだ。もちろん、上げて問題ないと判断したものだけでかまわない。君たちの調査に支障を来《きた》しそうなネタは黙っていてくれてもいい。一応でも、一課がミスターDの要求通りに調査しているという形を作らなければ、逆に君たちが三課殲滅に加担したとも取られかねないからな。無用なトラブルを避けるためだ。この条件は呑んでくれ。頼む」

菊沢は太腿に手を置き、頭を下げた。

それを見て、智恵理と栗島は少し動揺した様子を見せた。凜子と伏木は冷ややかに見つめている。神馬は顔をそむけた。

「ということだが、どうする、みんな？」

周藤は背もたれに肘をかけ、一同を見回した。

「俺は、この条件でいいと思う。ツーフェイスが敵かどうかは、俺たちの動きが漏れていたり、俺たちが上げたはずの情報を抜かれていたりすれば判断できる。今は一刻も早く調査に着手して、真の敵を炙《あぶ》り出し、処分する方が大事だと思うが。どうだ？」

「僕は……ファルコンに賛成します。僕らを目の敵《かたき》にしてる人たちを放置していては、寝るに寝られませんから」

　栗島がぼそぼそと言った。

「私もその案に賛同します。第三会議本体に睨まれるのも面倒だし」

　智恵理も同意する。

「おれもそれでいいぞ」

　神馬が言う。菊沢が驚いて、神馬を見やった。

「別に、本気でツーフェイスを疑ってるわけじゃねえんだ。けど、疑わなきゃならねえ状況ではある。そんな半端《はんぱ》な状況がいつまでも続くのはだるいからよ。動けるなら、そっちの方がいい」

「まあ、僕もサーバルの意見に同意だね。一課として自由に動けるなら、それでいいよ。ねえ、リヴ」

　伏木が凛子に顔を向ける。

「そういうこと。ちょっときつい言い方をしてしまって、すみませんでした」

　凛子が菊沢に頭を下げた。

「いやいや、君たちの意見は至極《しごく》まっとうだ。では、態勢を整えた後、調査に当たってくれ」

「ツーフェイス、一つだけ」

周藤が菊沢に声をかけた。

「敵に遭遇したら、どうしますか？」

周藤の問いに、部屋の空気がぴりっと尖る。

メンバーの視線が菊沢に集中した。

「できれば、生け捕りにしてほしいが、危険を回避できない時は――」

菊沢が目力を込めた。

「執行人であるかを問わず、メンバー全員に処刑の免罪符《めんざいふ》を与える」

室内の熱量が一気に上がった。

5

菊沢がＤ１オフィスを出た後、周藤を中心にメンバーの話し合いが続いていた。

普段なら個々人が方針を決め、大枠を確認したところで散るのだが、今回ばかりは誰もが深慮《しんりょ》していた。

智恵理以外、交流がなかったとはいえ、同僚である暗殺部三課のメンバーが殺された。

しかも、全滅という事実は誰にとっても衝撃だった。

そしてそれは、自分たちの命に直結する話でもある。

軽々《けいけい》に行動を決められるような問題ではなかった。

誰かが意見を出しては押し黙り、また他の意見が出ては唸《うな》る。そんなことを繰り返していた。

いるうちに夜も更《ふ》けてきた。

周藤は壁にかけたデジタル時計を見た。五時間以上も話し合いは続いていた。

リーダーである周藤が意見を吸い上げてまとめ、方針を決めて命令をすれば、メンバーは従うだろう。

が、周藤はそうしなかった。

今回は、誰もが納得して動く必要がある。

敵が何者か、どこに潜んでいるかもわからない中、強引に一方向へ引っ張れば、リスクは大きくなる。

もう午後十時を回っている。このまま深夜までこの状況を続けるのも建設的ではない。

周藤は、ある程度の方向性を決めようと顔を上げた。

と、神馬が口を開いた。

「いろいろ、ごちゃごちゃ探るのもめんどくさくねえか？」

「面倒くさいって、そういう問題じゃないでしょ？」

智恵理が睨む。

「そういう問題だよ。今ある情報から何者かを特定して身辺を探って、その中から敵の可能性がある連中を絞り込む。一見、それが正しいやり方に思えるけど、そもそもの情報に手を加えられてたらどうする？　的外《まとはず》れに動き回ったあげく、相手に嵌められるってことにならねえか？」

神馬が言った。

いつもの口調《くちょう》ではあるが、スーツを着ているせいか、とてもまともな意見を発しているように映る。

「そういうこともあるんだろうけど……」

智恵理は調子が狂っているようだった。

「サーバルはどうしたいんですか？」

栗島が訊いた。

「三課が執行予定だったターゲットはわかってんだ。おれたちで殺《や》ってやろう」

「何言ってんの、あんた！」

智恵理が腰を浮かせる。

「第三会議から要請のない執行はただの殺人よ。許されることじゃない」

「要請がありゃいいんだろ？」

「どういうこと？」

眉間に縦じわを立てていた智恵理が、驚き顔で首をかしげる。

「執行要請の書類ってあるんだろ?」

「まあね」

「デジタルか?」

「そうよ」

智恵理が答える。

と、神馬は栗島に顔を向けた。

「ポン、デジタルの書類って、簡単に作れるのか?」

「ちょっと待って! 偽造する気?」

智恵理が目を丸くする。

「なるほどねー。それ、いいかも」

凜子が微笑んだ。

「リヴ!」

智恵理が凜子を睨む。凜子はにっこりとしたまま、首を右に傾けた。

「いや、要請がないのに殺すのは良くない」

伏木が腕組みをして言う。

「そんなナリして、正論か?」

神馬が笑う。

「格好は関係ない。どっかに線を引かなきゃ、ただの人殺しになっちまう」

伏木は智恵理をまじまじと見つめる。

智恵理は味方にもかかわらず、ため息をついて目を逸《そ》らした。

「じゃあ、どうすんだよ」

神馬が伏木を睨んだ。

「殺すんじゃなくて、さらっちまえばいいんじゃないか？」

「あー、それもいいかも」

凜子は頬杖をついて、今度は首を左に傾けた。

「さらってどうするんです？」

栗島が伏木に訊いた。

「よくよく考えてみりゃあ、今回の件の詳細を一番知っているのは、ターゲットの中の誰か、もしくは全員。そいつらに訊いてみるのが早いんじゃないの？　どうだ、サーバル？」

伏木は神馬を見やった。

「まあ、それもありだな」

「僕も書類の偽造よりは、そっちのほうが現実的だと思います」

栗島も続いた。

「ちょっと、みんな……」

智恵理は困り顔で周藤を見た。

周藤は腕組みをして、デスクの天板を見つめていた。

伏木の提案は一見、度を越した無理筋にも聞こえるが、深慮すれば理に適《かな》っている。

三課のターゲットとなった四人に加え、この案件に関わった第三会議調査部の二人を捕まえて口を割らせれば、あるいは黒幕にたどり着くかもしれない。

しかし、拉致《らち》計画を実行するには、気になる点もある。

凜子が口を開いた。

「いい考えだとは思うけど、それくらい、第三会議も考えてるんじゃない？　アントが動いたら、そんなの簡単にできる。けど、アントが動いたという情報はない。そうよね、チエリー？」

智恵理を見やった。

「うん、そんな報告はまったくない」

手前のノートパソコンのモニターを見ながら答えた。

「アントも動いていない、もしくは動けないということは、彼らを拉致できない理由があるんじゃない？」

凜子がみなに問う。

周藤もその点が気にかかっていた。

第三会議は圧倒的な力を持っている。暗殺部の各課は六名で構成されているが、処理課は実際何人いるのかわからない。さらに、第三会議調査部を加えれば、稼働できる人員は数百になるかもしれない。

第三会議調査部と暗殺部処理課が動けば、ターゲットの拉致など造作《ぞうさ》もないことだ。

「泳がせているんでしょうか？」

栗島が言った。

その可能性はある、と周藤も感じていた。

第三会議が彼らを泳がせているのだとすれば、自分たちが彼らの拉致を実行した時点で、一課が三課の殲滅を画策し、証拠の隠滅を図ったと疑われることにもなりかねない。

「そんな余裕あんのかよ」

神馬が栗島を見た。

「余裕って、なんですか？」

「殺しのプロを返り討ちにした連中だぞ。泳がせて、仲間か黒幕と接触するところを捕らえるなんてかったるいことしてたら、こっち側の犠牲者がどんどん増える。肝心《かんじん》のターゲットも殺られちまうぞ」

「つまり、ターゲットと僕らの仲間を助けたいということですか？」

「違う。それを放置しとくのが、おれたちにとって一番危ねえってことだ」

神馬は眉間に皺《しわ》を立てた。

周藤に顔を向ける。

「ファルコン。第三会議がどう動いてんのか知らねえが、先手打ってかねえと、おれら動けなくなるぞ」

まっすぐ見据えた。

周藤は神馬を見返した。怒りに任せた暴言ではなさそうだった。

裏街道を渡り歩いてきただけに、危機察知能力は誰よりも長《た》けている。

周藤は目を閉じた。頭の中で様々なシミュレーションをし、リスクとメリットを天秤にかける。

目を開き、ゆっくりと顔を上げ、一同を見回した。

「よし、ターゲットを拉致しよう」

「ファルコン！」

智恵理が不安げな目を向ける。

周藤はまっすぐ智恵理を見つめた。

「チェリー、サーバルの言う通りだ。スピード感をもって動かなければ、混沌として対処できなくなる。動くなら今のうちだ」

そう言い、笑顔を見せる。

「大丈夫。俺たちは最高のチームだ」

静かに言いきる。

智恵理の顔に浮かんだ緊張と不安がふっと緩む。心なしか、オフィス内の空気も熱を帯びた。

「チェリー、D3のターゲット四人の顔写真をポンのパソコンに送ってくれ」

「はい」

さっそく、智恵理が作業を始める。

「ポン、顔認証で、現在の彼らの居所を特定しろ」

「了解です！」

栗島は顔画像認証追跡ソフトを起《た》ち上げ、マウスを握って待機した。

「他の者は、すぐ出られるよう、準備をして待機。的《まと》を決めたら一気に動くぞ」

周藤の言葉に、残りの三人が首肯した。

6

アデノバイオの代表取締役社長、寺崎進太郎《てらさきしんたろう》は本社ビルの社長室にいた。

腕時計を見る。午前零時を回った。

「いつまで待たせる気だ……」

ため息をつき、机に置いたスマートフォンを見つめる。

面倒だが、連絡が来るまで動くわけにはいかない。

きっかけは一本の電話だった。

自社の新薬開発部の臨床試験で死者を出したにもかかわらず隠蔽《いんぺい》しているという告発があったというものだ。

知らない男の声。番号も非通知。相手の正体はわからないが、話している中身は、関係者しか知りえないことだった。

半年ほど前、膀胱《ぼうこう》がんの新薬の第三相試験の治験を受けていた患者が相次いで亡くなるという事態が発生した。

ほぼ大丈夫、この臨床試験さえクリアすれば、承認への申請を行なえるというところまで来ていた。

実に、十二年の歳月をかけて開発してきた新薬。開発費も数十億を超えている。なんとしても成功させたいと意気込んでいた矢先の出来事だった。

詳しく調べてみると、ある原薬の一つが特定の脂質《ししつ》と結合して、血栓《けっせん》を作ることがわかった。

そうした副反応については徹底して検査してきたはずだが、それでも見抜けず、よりによって臨床試験の最終段階で発現したというのは、あまりにやりきれなかった。開発部や協力してくれていた提携病院の医師も同じ気持ちで、少々強引ながら、臨床試験を続けていた。

が、さらに一人、二人と血栓症で障害が残ったり、死んだりした。

治験はいったん凍結した。

臨床試験に協力してくれていた関茂晴《せきしげはる》医師に偽《にせ》の死亡診断書を書いてもらって、治験と患者の死亡は関係ないという報告書を作った上で、資金難による凍結ということにし、ほとぼりが冷めるのを待ちつつ、代替可能な物質を探すなど解決を目指して実験を続けた。

が、その研究もまもなく本当の資金難に見舞われ、頓挫《とんざ》することとなった。

その後、アデノバイオは、新薬開発を謳《うた》ってはいるものの、事実上、臨床試験の場の提供を請《う》け負《お》う仲介商に甘んじていた。

この件は、アデノバイオとして最も触《ふ》れられたくない部分だった。

電話から聞こえる男の声は、〝御社に協力してほしいことがある〟とだけ言い、電話を切った。

声に聞き覚えはなかった。

治験で死亡した者の遺族が脅《おど》してきたのかとも思ったが、そもそも会社の重役や家族以外、寺崎の携帯番号は知らない。

ならば、内部の者か……。

誰かが会社を寺崎の手から奪おうと画策している可能性もある。

寺崎は秘書に指示をして、当時の事実を知る社内外の関係者を探らせた。

一週間ほどして、再び男から連絡が来た。

探っても無駄だと。

最初はハッタリだろうと思った。秘書が動いていることは、社内の者ならなんとなく気づくであろうからだ。

そして、わかったふうなことを口にすれば、敵は内部にいるということがほぼ確実となる。

墓穴《ぼけつ》を掘ったな……と、ほくそ笑んだ。

が、男は寺崎の予想を超える話をしてきた。

秘書がどう動き、誰と接触し、何を聞いたのかまで詳細に把握し、それを時系列で語った。

秘書は三人。男は、その三人の動きを漏れなく寺崎に伝えた。しかも、中には寺崎自身が把握していない行動もあった。

話を聞くうちに、スマートフォンを握る手が震えてきた。

電話の主は複数で動いている。

しかも、寺崎が想像できないほどの調査能力を持っている。

素人《しろうと》ではないのか……。

どんな集団か、目的は何なのか。考えるほど、思考が闇に引きずり込まれる。

男はその時も、自分がすべてを知っていることだけを寺崎に伝え、電話を切った。

それから二週間ほど連絡がなかった。

しかし、その二週間という時間は、寺崎に恐怖を植え付けるには十分な時間だった。

得体《えたい》の知れない漠然とした物事は、人の不安を駆り立てる。

その不安を増幅させるのに最も有効な手段は〝沈黙〟だ。

相手が何かを語れば、多少なりとも背景が見えてくる。相手の声にも慣れ、受ける側にも余裕が生まれる。

だが、男はぽつりぽつりと連絡してきて驚愕の事実だけを伝え、一方的に連絡を絶《た》ち、無言の圧力をかけてくる。

こんな真似をさらりとできる者が素人であるはずがない。

人を操る術《すべ》を熟知した実力者に違いない。

そうではないのかもしれないが、沈黙の時が男に対する恐怖心を掻き立て、寺崎の脳裏《のうり》で男の禍々《まがまが》しい像を増幅させていた。

二回目の電話から一カ月後、三度目の電話がかかってきた。声を聴いた途端、心臓が止まりそうになるほど息を呑んだ。

男は三度目にしてようやく、要求を出してきた。

ある証券会社の営業部員と組んで、新株予約権を発行しろという指示だった。

新株予約権は、会社の運転資金を集めるために新しい株式を売り出すためのものだ。株の売却分だけ会社は資金を得る。それも融資ではないので実に使い勝手のいい資金となるが、一方で、新株を発行しすぎると株式市場に多くの自社株が出回り過ぎて希釈化し、株価はどんどん下がっていく。

安価が続けば、当然、投資家たちからはそっぽを向かれるようになるし、買収もされやすくなる。

資金調達の方法としては良い方策だが、乱発すれば、会社としての信用を失い、ひいては投機家のオモチャにされ、倒産に追い込まれる。

医薬・バイオベンチャーは結果が出るまで時間と費用を要するからか、新株予約券を乱発する傾向にある。

そんな中、寺崎はなるべく会社の信用を落とさないために、我慢してきた。

それをやれという。

断われなかった。断われば、想像もできないほど最悪の事態が訪れることだけは確かな気がしていた。

男は後日、会社に高羽久大《たかばひさひろ》という男を送り込んできた。

元大手証券会社のトレーダーで、今は個人で投資コンサルタントをしているという。

どんよりとした雰囲気をまとった小柄で少し肥満体型の男だ。四十代前半だと自称したが、皮膚のたるみや皺の深さをみるに、五十代後半以上としか思えない。

何より、ぎょろりとした目で下からじとっと相手を睨《ね》める癖が少し不気味だった。

高羽はさっそく、男の命令に基づいて指示を始めた。

高羽の指示は単純だった。

まずはＩＲをサプライズ的にぽつりぽつりと出していき、株価を上げる。

程よく上がったところで、新株予約権を発行する。

権利行使を進めさせ、新株を発行する意思があるところを見せつつ、ＩＲを出して株価を上げ、また新株予約権を発行する、ということを繰り返せというものだ。

寺崎が最もやりたくなかったことだが、どうにもならなかった。

高羽の指示通りにＩＲを出していくと、株価は徐々《じょじょ》に上がり、勢いがついてきた。

そこで新株予約権を発行し、資金を集めつつ、上がりすぎた株価を下げる。

そしてまた、ＩＲを出して株価を吊り上げ、高値で大量行使させて一部の者を儲けさせ、程よく上がったところで、また新株予約権を発行する。

二回、三回と発行してきた新株予約権も、気がつけば十回を超えていた。

その頃には、もう、会社はすっかり健全な投資家から見放され、四桁《けた》だった株価も二桁にまで下がり、投機目的の者たちの仕手株《してかぶ》に成り下がっていた。

かたや、うれしい誤算もあった。

新薬開発資金が予想以上に集まったことで、頓挫した膀胱がんの治療薬の研究を再開できたことだ。

今、自分が行なっていることは是《ぜ》としなかったが、研究を再開でき、創薬会社として再び立て直すことは夢でもあった。

そして、意外なことに、高羽の口から、謎の男が新薬開発の再開を喜んでいることを聞かされた。

寺崎は、ますます男の正体がわからなくなった。

ひょっとすると、いつまでも対外的メンツとポリシーにこだわって、資金を集めようとしない寺崎を見かねた社内の誰かが仕掛けたことなのかもしれない。

いずれにせよ、今度こそ、新薬は間違いなく完成させたかった。

それさえ認可されれば、莫大な利益を生み、また次の新薬を開発できる。

それこそ、寺崎が望んでいる好循環だった。

男は悪魔かもしれないが、この際、魂を売ってでも新薬を完成させるんだ。そう決意した時だった。

男は、寺崎の想像を遥《はる》かに超える悪魔の提案をしてきた。

男の手配でがん患者を送り込むので、新薬の臨床試験をしろ、ということだった。

それも、患者の生死は問わず、試すことはすべて試し、血栓ができる原因を排除して解決させろとのことだ。

与えられた期間は一年。それまでに解決策を見いだして、中断していた第三相試験を再開すること。その間の資金はすでに確保できているし、患者は男が選定した医師が送り込むという手はずも整っていた。

男からの電話指示を受けた時、寺崎は思った。

一回目の電話をしてきた時から、このシナリオは描かれていたのだと。

そして、これから先のシナリオも決まっているのだろうと。

昔日《せきじつ》の悪夢がよみがえった。

第三相試験を急ぐあまり、多くの犠牲者を出し、会社や開発に関わった者たちに拭《ぬぐ》い難《がた》い傷を負わせた。

すべては、本分《ほんぶん》を忘れて、新薬開発という目的のみに走ったためだ。

そもそも、寺崎が膀胱がんに効く薬を開発するため、ベンチャー企業を起ち上げたのは、為《な》すすべなく死んでいった父を助けられなかったという思いからだった。

明るく陽気だった父の膀胱がんが発見されたのは、寺崎が高校一年生の時だった。以前から血尿が出ていたことを隠し、家族のために働き詰めで、子供の前では陽気な父親を気取っていた。ひとえに、家族を守り、心配をかけたくないという思いからだった。ようやく病院にかかった頃には、がんの大きさは五センチを超えていて、全身に転移していた。

寺崎の父は抗がん剤の治療を拒否し、家族と過ごすことを選んで、発見からわずか三カ月で他界した。

もう少し、発見が早ければ。もっと効果的な治療薬があれば。死に向かう父を前にして何もできなかったという無念が、会社創設の礎《いしずえ》となっていた。

多数の犠牲者を出した時、寺崎はその思いを忘れていた。

いや、忘れていたというより、利己《りこ》的になっていた。

これで、父を助けられる。多くの人を助けられるという思いではなく、もう死んでいるにもかかわらず、父を助けられるのではないかという思いに駆られ、突っ走ってしまった。

二度と、そのような愚行を犯《おか》してはならない。

寺崎は、研究再開には同意したが、男が送り込んでくる患者に対する臨床試験は拒否した。

男は過去のことをばらすと脅してきたが、怯《ひる》まなかった。

過去に過ちを犯したことは事実。なんらかの形で償《つぐな》わなければならない。

それが創薬か、社会的制裁か、どんな形でもかまわない。すべてをきちんと受け止めようと、寺崎は決めた。

意思を伝えると、男は少し時間をくれと言った。

双方に利のある解決法を考えたいと。

それがどういうものかはわからないが、ともかく、得体の知れない者の指示に従うのはおしまいにするつもりだった。

男から話がしたいと連絡が来た時、寺崎は会うことが条件だと返した。

男は電話口で難色を示した。が、会って話し合うことを約束した。

それが今日だった。

男は午後十時ごろには到着する予定だった。しかし、すでに二時間以上遅れている。

本来ならオフィスを出ても構わないところだが、この機を逃せば、二度と男が姿を現わさない気がして動けなかった。

スマホが鳴った。

画面には〝男〟と記された名前が表示されていた。

手に取り、つないだ。

「もしもし、遅いぞ」

――すまない。別件で遅くなった上に道に迷ってしまってな。ちょっと、窓から顔を出してくれないか。近くまで来ているはずなんだ。

男が言う。

少し疑念が芽生《めば》えたが、自社ビルのある場所は多少入り組んでいて、通り沿いにあるわりにはわかりにくいというのも事実だ。

寺崎はスマホを持ったまま、窓に近づいた。

ブラインドカーテンを上げ、片開き窓を開ける。大きく開いて、顔を出す。

「どこだ？」

――白いクラウンが見えるか？　見えたらすまんが、手を振ってくれ。

男が言う。

寺崎はビル前の通りを見やった。右手の方に白い車が見えた。ビルの方へ近づいてくる。

寺崎は窓から手を出し、車に向けて振った。

瞬間だった。

寺崎は双眸を見開いた。

寺崎の眉間に穴があいた。

頭部が弾《はじ》かれ、手を上げた格好で背中から倒れていく。

床に仰向けに沈んだ寺崎の後頭部からはどくどくと血が流れ出て、頭の周りに血だまりを作った。

社長室のドアが開いた。

姿を見せたのは高羽だった。

高羽は寺崎に近づくと、屈《かが》んで首筋に指を当てた。寺崎は微動だにせず宙を見つめている。

脇に屈んだまま、スーツの内ポケットからスマホを出した。

電話帳からある番号を選び、かける。

「……もしもし、高羽です。ターゲット、死亡確認しました。処分します」

そう報告しながら、絶命した寺崎を冷《さ》めた目で見下ろした。

第二章　Dの共闘

1

栗島の運転する、メンバー全員を乗せたバンは、ジュネーヴ平和通《へいわどおり》を東へ進み、大井北《おおいきた》埠頭橋《ふとうばし》手前に位置する都立産業技術高専《こうせん》前の信号で左折し、天王洲通《てんのうずどおり》に入った。

そのままゆっくり北へ走り、一つ目の信号を左に曲がったところで、路肩に車を停めた。

「このあたりですね」

栗島がナビを見て、言う。

メンバーも窓から目当てのビルを探すが、よくわからない。

「ちょっと見てくるよ」

二列目の車席にいた伏木がスライドドアを開ける。服はブラックジーンズとジャケットに着替えていた。

「じゃあ、この東海《とうかい》公園の脇に車を回しておきます」

栗島はナビを見て、一ブロック先の十字路を左折したところにある住宅街の公園を指《さ》した。

伏木はナビを覗《のぞ》き込み、オッケーと親指を立てると、車外に出た。

伏木が歩道に消えていくのを確認し、栗島は車を移動した。

都営住宅の東端にある小さな公園で、道路を挟《はさ》んだ向かいは商業ビルの植え込みが壁となっていて、路上駐車していても目立たない。

エンジンを切り、ヘッドライトを落とす。街灯《がいとう》の明かりだけが、車内を薄く照らす。

他のメンバーはじっと座ったまま、押し黙っていた。

話し合いの結果、拉致《らち》のターゲットはアデノバイオ社長、寺崎進太郎に決めた。

D3が請け負っていた案件は、アデノバイオを中心に動いている。そして、寺崎は主要なターゲットだった。内情をすべて知る者と判断できる。

監視カメラ映像に顔検索をかけて寺崎の動向を追ったところ、夕方に会社へ戻ってきて以降、社屋から出た記録はなかった。

午前零時を回り、人通りも減ってきていて好都合だ。

拉致を計画する場合、最も重要なのは、人目に付かない場所と時間の選定だ。

自宅付近で狙《ねら》うには、ターゲットの行動パターンを正確に把握して、ピンポイントの場所と時間で決行しなければならない。

かたや、オフィス近辺や社屋内であれば、監視カメラにだけ気をつけていれば、簡単に拉致できる。

会社に一人残っているような状況は、拉致を企図《きと》している者からすれば、さらってくださいと言っているようなものだった。

五分ほどして、伏木が戻ってきた。

スライドドアを開け、さっと乗り込み、ドアを閉める。

「あったあった。ここから北の丁字路《ていじろ》を左に行って、一つ目の十字路を右に行ったところだ。高いビルに挟まれて凹《へこ》んだようなところにあるから、わかりにくかったんだな」

「周辺は？」

助手席にいた周藤が訊く。

「道路幅は二・二メートルくらい。会社の建物は三階建てで、両側を八階建てのビルに挟まれている。建物の向かいは時間貸し駐車場で、そこも八階建てのマンションとビルに囲まれている。道路や周辺建物からの見通しは悪くないが、人通りはない」

伏木の話を聞きながら、栗島がナビを操作し、場所を特定する。

「クラウン、ここですか？」

拡大する。

伏木がシートの後ろから覗く。

「そうそう、そこだ。会社玄関の鍵《かぎ》はシリンダー錠なので、簡単に開けられる」

「社内の明かりは？」

三列目に座っている凜子が訊く。

「最上階の明かりは点《つ》いてた。まだいるよ、たぶん」

「たぶんって、確認しなかったのか？」

隣の神馬が腕組みをして睨《にら》む。すでにスーツを脱ぎ、いつもの黒い革パンとライダース姿に戻っていた。

「チャイムでも鳴らせってのか。ささっと状況を見て判断するのが重要なんだよ、情報収集は」

「空振りだったらどうすんだ」

「中へは入るんだから、寺崎がいなかったとしても、いろいろ探ればいい。できることはいくらでもある」

伏木がさらっと返す。

神馬はおもしろくなさそうに組んだ腕に力を込めた。

三列目、凜子の隣にいた智恵理が周藤に声をかけた。

「ファルコン、どうしましょうか。みんなでぞろぞろと会社の周りをうろついても怪しまれるでしょうし」

「そうだな。サーバルとクラウンは、俺と社屋へ。リヴは社屋前で見張り。ポンとチェリーは車で待機。拉致完了次第、チェリーに連絡を入れるので、ポンと一緒に迎えにきてくれ」

「わかりました」

智恵理が答え、栗島が首肯《しゅこう》する。

「ポン、五分後に社屋に入る。周辺の防犯カメラにジャミングをかけてくれ」

「了解です！」

栗島が答え、グローブボックスから黒い手袋を四人分出した。周藤が受け取る。

助手席と後部座席のドアが開いた。智恵理と栗島を残し、他の四人が出て行く。

智恵理は助手席に移動した。

栗島はセンターに設置したスイッチを操作した。バンの天井が開き、アンテナが出てきた。

タブレットで範囲を設定しようとする。栗島は手を止め、エンジンをかけた。

「ちょっと動きますよ」

「どうしたの？」

智恵理がシートベルトをかける。

「妨害電波、ここから出せるんですけど、有効な範囲の半径が百五十メートルになるので、ちょっと影響が出るのが広すぎるかな、と。ターゲットの社屋向かいの駐車場まで移動します」

そう言って、車をゆっくりと発進させた。

「大丈夫？　時間貸し駐車場って、カメラついてなかったっけ？」

「ついてますよ。でも、近くに来たら、電波出しながら走らせますから」

「あー、そういうこと」

「つまり、そういうことです」

栗島は微笑《ほほえ》み、突き当たりの丁字路を左に曲がった。

と、タブレットの画面にノイズが走った。

「なんか、タブの調子、ヘンだよ」

画面を見ていた智恵理が言う。

栗島は運転しながらタブレットを一瞥《いちべつ》した。寺崎の会社に近づくほど、ノイズがひどくなる。

栗島は路肩に停車し、タブレットを操作してみた。表情が険《けわ》しくなってくる。

「どうしたの？」

「おかしい。妨害電波が出てる」

「どういうこと？」

智恵理が訊《き》いた。

栗島はグローブボックスからトランシーバーのような機器を出し、妨害電波の周波数を探った。自動で周波数を合わせていくもので、モニターに浮かぶ緑色の数字が絶え間なく動いている。

そして、ぴたっと止まった。

その数字を見た栗島の顔が強《こわ》ばる。

「どうしたの、ポン」

「ジャミングで使う電波の周波数はいくつかあるんですけど、僕らが使う周波数は、第三会議から指定されるんです。この数字……」

栗島は機器を握った。

「第三会議指定の周波数です」

それを聞いた智恵理は目を見開いた。

すぐにスマートフォンを取り出す。周藤に連絡を入れようとした。が、スマホが通じない。

智恵理はシートベルトを外した。

「ポン、電波の発信地を特定して。私は、ファルコンたちに伝えてくる。さっきの公園のところで落ち合いましょう」

「わかりました」

栗島が首を縦《たて》に振る。

智恵理は急いで車外へ飛び出した。

2

周藤たちは、会社脇の駐車場に停められた車両の陰に身を隠していた。栗島から預かった手袋を各人に渡す。

神馬と伏木は手袋を付けた。見張り役の凜子は手袋をジーンズの後ろポケットに入れた。

周藤が腕時計に目を落とす。

ちょうど五分が経《た》っていた。

「サーバル、ファルコン、行くぞ」

声をかけると、二人がうなずいた。

「リヴ、見張りを頼む」

「わかったわ」

凜子も首肯した。

三人は会社の玄関口へ走った。ちらっと監視カメラの位置を確認する。

栗島が妨害電波を出し、機能を無効化しているはずだが、万が一に備え、三人は散って、カメラの死角を進み、玄関前まで来た。

伏木が右手を上げて二人を制止させ、玄関に近づいた。ドアのプッシュプルハンドルを引いてみる。

「開いてる」

伏木が囁《ささや》いた。

大きく引き開け、周藤と神馬を促す。二人が中へ入っていく。伏木は周囲を見回して、二人に続いた。

狭いエレベーターホールの左手に階段がある。階段の電灯は薄暗い。経費節約か、照明を間引《まび》いていた。

神馬が先頭を切って、駆け上がっていく。周藤と伏木も階段を駆け上る。

しかし、二階から三階へ上がろうとしたところで、神馬が脚を止めた。壁に身を隠す。

周藤たちはとっさに倣《なら》った。

「どうした？」

周藤が訊く。

「臭《にお》う」

「何が？」

伏木が神馬の顔を見やる。

「血のにおい」

神馬はフロアや階段に視線をめぐらせた。

周藤と伏木の顔が険《けわ》しくなる。

三人は神経を尖《とが》らせた。それぞれが気配を探る。

「何かいるな」

周藤が言った。

「ほんとだ」

伏木も気配を捉え、あたりを見回す。

「素人《しろうと》じゃねえな……」

神馬がつぶやいた。

周藤と伏木も、それは感じていた。

気配が動いているのは確かだが、時折強くなったり弱くなったりする。警戒している感じも伝わってくるし、移動する際の足音もほとんどない。

最上階の三階から気配がする。複数だ。なにやら話している声が空調の音に混ざるが、内容はわからない。

「どうする、ファルコン？」

伏木が訊いた。

「……行ってみるか」

「それがいい」

神馬は片笑みを浮かべた。

「無用な争いは避けたいが、相手が襲ってきたら応戦しろ。だが、殺すな」

「ラジャー！」

伏木が親指を立てる。

「サーバル」

周藤が呼びかける。

「わかってるよ。半殺しにするかもしんねえけど」

神馬は言うと、先陣を切って階段を駆け上がった。

周藤と伏木も続いた。

3

誰かが走ってくる音が聞こえた。

凜子は壁に身を隠し、そろりと通りを覗いた。

「チェリー？」

少しだけ身を出す。

智恵理は凜子を認め、駆け寄った。立ち止まる。太腿《ふともも》に両手を置いて、肩で息を継ぐ。

「どうしたの、そんなにあわてて」

「ファルコンたちは？」

「潜入したわよ」

「まずい……」

中へ行こうとする。

凜子は智恵理の腕をつかんで止めた。

「ちょっと待って。どうしたのよ」

「ポンが別の妨害電波をキャッチしたの。その周波数は第三会議指定のものだった」

智恵理の言葉を聞いて、凜子は眉根を寄せた。

「お仲間が来てるってこと？」

「ポンには今、発信元の特定をしてもらってる。いずれにしても、関係者が動いてるからいったん撤収したほうがいい」

智恵理が言う。

凜子はスマートフォンを取り出した。電波状況を見る。圏外になっていた。

「そういうこと。わかった、私が行ってくる。チェリーはここで見張ってて」

「うん。ポンと落ち合うのは、さっきの公園のところ。私がここにいなくても、ファルコンたちと出てきたら、そこに行って」

「わかった。頼んだよ」

凜子は走りながら手袋をはめ、社屋内に消えていった。

4

神馬は一気に廊下へ飛び出した。

気配が左右に散った。

一人、二人、三人……。三つの人の気配を感じる。血の臭いも濃くなった。

周藤と伏木が階段下で神馬の背後についた。

神馬は背中に右手を回し、三本指を立てた。そして、二本指を立てて右を差し、一本指を立てて左を差した。

右奥を指すように指を向け、自分の太腿をつつく。右奥にいる何者かは神馬が狙うということだ。

「クラウン、右手前を」

「了解」

伏木は廊下を見据えた。

周藤は伏木を軽く叩き、駆け出した。神馬の背も叩く。

伏木と神馬も走り出した。

5

伏木が右手前のドアを開けた。ロッカールームのようだ。明かりは落ちている。

気配は右側から感じられる。

伏木は壁際を手で探った。スイッチを見つけ、入れる。青白いＬＥＤの明かりが点《とも》った。

瞬間、踏み込んだ。

右側から気配が迫ってきた。

眼前に風圧を感じた。

ダッキングして避《よ》ける。蹴りが天然パーマの髪の毛を掠《かす》める。続けざま、脚の気配が頭頂に現われた。

伏木は構わず、そのまま立ち上がった。

落ちてきた脚のふくらはぎを左肩で受け止めてつかむ。パンプスを履《は》いていた。すらっと伸びた素足は細いが、嫌な感触がする。

タイトなスカートを身につけ、下着が覗いているが、その股間に違和感があった。もっこりとしていたのだ。

その先にショートボブの黒髪の顔がある。輪郭《りんかく》は小さく色白で、目は切れ長でくっきりとし、鼻筋の通った美顔だ。

が、口元から顎《あご》にかけて、うっすらと蒼白《あおじろ》い。

「男か！」

急所である股間に手を伸ばそうとした。

瞬間、肩に乗せた右脚に力がこもった。左脚で床を蹴《け》り、飛び上がる。そして、伏木の頭を挟むように蹴りを放ってきた。

右脚を放して、屈む。伏木はしゃがんだまま、後ろに飛んだ。

男は宙で横に一回転半して、床に落ちた。腕立て伏せの要領で受け身を取り、素早く起き上がって、伏木と対峙《たいじ》する。

「おまえ、誰だ?」

伏木は自然体で構え、男を見据える。

「あんたこそ、誰よ」

男が言った。声は高めだが、かすれてもいた。

「素直にしゃべった方がいい。オレ、こう見えても案外強いんだ。かわいこちゃんの顔を傷つけたくはないからさ」

「あら、かわいいだなんて、ありがとう。けど、ご心配なく。あなたくらいなら、簡単に倒せるから」

紅《べに》を引いた口元を上げる。

「おじさんさぁ、簡単ってのは心外《しんがい》だな」

「誰がおじさんだって?」

右前蹴りを放ってきた。

伏木は左半身を切ってかわした。

男の右脚は膝から下だけ曲がり、軌道を変えて伏木の腹部を狙う。

大きく後ろに飛び退《の》き、男を見据える。

「おじさん、脚ぐせが悪いね。テコンドーかな？」

「さあ、どうかしら？」

微笑み、蹴りを連続で繰《く》り出してきた。

右回し蹴りを放ち、かわされると右脚を軸に左後ろ回し蹴りを放つ。上中下段に回し蹴りを振り分け、隙《すき》を狙ってくる。オルゴールの上で回るバレリーナの人形のようだ。

伏木は時計回りに回って、紙一重《かみひとえ》で避けていた。

「避けるだけ？」

蹴りを出しながら笑う。

「しょうがないなあ」

伏木は脚を止めた。

そして、渾身《こんしん》の右のハイキックを放った。男も右ハイキックを放つ。二人とも左前腕を顔の横に立てて受け止めた。

衝撃がびりびりと骨に響く。

「あら、案外いい蹴り」

「おじさんもね」

伏木が微笑む。

「だから、おじさんじゃないんだって！」

右脚を下ろす。同時に、左ストレートを放ってきた。

伏木は右脚を軽く引いて、前蹴りを出した。強くはないが直線的な蹴りで、胸元をつく。カウンター気味に足底を食らった男がよろよろと後退した。

「パンチもあるなら、こっちだね」

伏木は顔の前にハの字に前腕を立て、半身になって前に出した左膝を少し浮かせて、キックボクシングのスタイルで構えた。

「いろいろと使えるのね、楽しそう」

男は言うと、伏木と全く同じ構えをし、対峙した。

「楽しんでる時間もないからさ。攻めさせてもらうよ」

伏木はグッと背を丸め、地を蹴った。

6

神馬は右奥のドアに駆け寄った。壁に背を当て、ドアバーに手をかけてゆっくりと倒す。

少し開いてみる。室内からの明かりが漏《も》れ、廊下に扇状《おうぎ》の白い筋を描く。

ドアをもう少し開き、中へ右脚の先を踏み込んだ。

シュルッと何かが擦《す》れる音がした。

神馬は脚を引いた。神馬の脚があったところをしなる何かが叩いた。

瞬間、風切り音と軽い金属音が耳に届く。ワイヤーだった。

ドアを開き、中へ飛び込む。次のワイヤーが水平に喉元《のどもと》に迫《せま》った。とっさに屈み、床を滑った。

ドアが閉められた。

上に跳ねて半回転し、壁際で振り返る。

会議室のようだった。壁の脇に長テーブルとパイプ椅子が折り畳まれ、置かれている。

何もない広いフロアに、赤い革ジャンを着て、細身のダメージジーンズを穿《は》いている男が立っていた。

長髪を金色に染め、耳にジャラジャラとピアスを付けている。両手には指先を出した革手袋を付けていた。

「なんだ、おまえ？　ロックスターかよ」

鼻で笑う。

「ユー、よくわかったね。けど、ユーもパンクロッカーみたいだよ。お仲間かな？」

「おまえみたいな売れねえロックスターのダチはいねえよ」

「そうか。僕にも、ユーのような下品な友達はいない」

男が右手首を振った。

シュルシュルと極細のワイヤーが空《くう》を裂《さ》く音がする。

神馬はワイヤーの高さを見切り、屈んで左手に跳んだ。

男は今度左手首を振る。ワイヤーの先についた重りのようなものが神馬の顔を狙う。神馬は首を傾けただけで避けた。

重り状の先端が壁にめり込む。

神馬は肩越しにめり込んだ先端を見た。

ただの重りじゃねえのか。

壁には鋭い何かが突き刺さったような小さな蜘蛛《くも》の巣状のヒビが入っている。ただの丸い重りなら、もっと中心が大きく潰れ、ヒビの半径も大きいはず。

男が両手首を上に振った。それぞれのワイヤーの先端が男の手のひらに戻った。

「気持ちわりいな、おまえ。虫かよ」

「虫をバカにしちゃいけないなあ。すべての命にラブのない者は、生きる資格なし」

両手首を同時に振る。ワイヤーの先端が飛び出す。男は手首を上下左右に動かした。

まっすぐ伸びていたワイヤーが波打ち、変則的な動きをする。

神馬は揺《ゆ》らぐワイヤーを見切り、上半身を回したり、左右にステップを踏んで飛んだりしながら避けていた。

「すごいね。僕の触手《しょくしゅ》を見切るなんて。これなら、どうかな?」

右の蹴りを放つ。

靴の先端からワイヤーが飛び出してきて、神馬の腹部を横から狙う。

神馬は大きく飛び上がった。

しかし、男の左手から放たれたワイヤーが右足首に巻き付いた。

「ヒット!」

ワイヤーを引く。

神馬の体が宙で後ろに回転した。体を開けば、背中から床に落ちる。

神馬は両膝《ひざ》を胸元に引き付けて丸まった。宙でくるっと回転し、脚から落ちてしゃがむ。

男が右脚にかかったワイヤーを引き、神馬を転がそうとした。

神馬はベルトのバックルに手をかけた。細い仕込みナイフを引き出し、ワイヤーに刃をかける。

極細の鉄線によって編《あ》まれたワイヤーの溝《みぞ》に、ナイフの刃を入れた。硬い物を切る時は、テンションとスピード、弱いところを素早く見切ることが大事だ。

指先で刃の感覚を探る。

ここだ。

スッと刃を滑らせた。右手が振り上がる。

張り詰めていたワイヤーがビンッと音を立て、切れた。

男は手脚を振り、伸びたワイヤーを回収した。

「グレート！　僕のワイヤーを切ったのは、ユーが初めてだよ。避けられているだけでもグレートだったのに、これはすごい！　マーベラス！　ブラボー！」

「いちいちうるせえな、虫野郎。へんな英語やめろよ。何人だ？」

「僕は地球人。すべての生きとし生けるものを愛する男」

「殺しにかかってんじゃねえか」

「愛するゆえ、その命を永遠のものにする。ラブ・イズ――」

男は両手をグッと握り締めた。

「デス」

手を開く。ワイヤーの数が増えた。

「フルスペックで狩るのは初めてだよ。エンジョイさせてくれよ、ボーイ」

神馬を見据える。

「楽しむ前に息の根を止めてやるよ、虫野郎」

神馬はバックルからもう一本のナイフを引き抜いた。

7

男は指出しグローブをつけた両手を握り締め、左右にゆらゆらと動いている。

神馬は壁を背に距離を取り、男の全身をぼんやりと眺めていた。

こういう時、手元や足下など、特定の場所を凝視《ぎょうし》すると、思わぬ場所から繰り出された攻撃への反応が遅れ、ダメージを食らう場合がある。

相手の鼻先から胸元あたりを見ていれば、どこが動いてもわかる。

さっきまで軽口を叩《たた》いていた男は押し黙った。神馬との距離を測《はか》っているようだ。

そして、にやりとした。

「ゴー」

両手を開く。

パラっと糸がその手からこぼれてきた。と思ったら、右足を引き、半身を切ってワイヤーを8の字に振り始めた。

神馬はナイフを軽く握りしめた。

オフィス内のわずかな光に瞬《またた》くワイヤー先端の重りを視認し、空気を震わせる音を聞き分ける。

六本か──。

男は片手に三本ずつ、計六本のワイヤーを振り回していた。

しかし、縦横無尽に蠢《うごめ》くワイヤーは一本として絡むことなく、宙を舞っている。

すげえな、こいつ……。

中国武術の縄鏢《じょうひょう》の遣い手とは相対したことがある。

縄鏢とは、長い縄の先端に短剣が付いている武具だ。全身を巧《たく》みに使って剣を振り回し、上下左右あらゆる角度から攻めてくる。

しかし、その時、相手が手にしていたのは縄一本。不規則に思える動きさえ見切れば、縄を断《た》つことで勝負はついた。

が、男は六本ものワイヤーを自在に操っている。

繊細《せんさい》な体使い、高い集中力、それを可能にする筋力がなければ、到底《とうてい》できない動きだ。

癪《しゃく》だが、相手の力は素直に認める。

神馬は相手の呼吸を感じながら、右手のナイフを逆手《さかて》に持ち替えた。

男の左手がかすかに揺らぐ。いきなり、ヒュッと空気を裂く音がした。

神馬は上と下から迫る重りをブレードの側面で弾《はじ》いた。キンと音がし、重りが上下に散る。そのまま右手のナイフをワイヤーに添わせて、かすかに軌道を変える。

重りは、神馬の右脇腹の外側に飛んだ。

男が右手を振った。右三本のワイヤーが熊手のように広がり、外側から弧《こ》を描いて、神馬の左半身に迫る。

神馬は少し下がると同時に飛び上がり、自分の左方向にダイブした。胸下を重りの束がよぎる。

ナイフを握ったままの拳を軽く床について前転し、すぐさま体を起こした。

その眼前に、左手から放たれた重りが迫っていた。

神馬は仰《の》け反《ぞ》った。同時に右手のナイフを一閃《いっせん》させる。

伸び切ったワイヤーに刃が触れた。そのまま摺《す》り上げる。

ワイヤーが切れ、重りが鼻先を掠めて後ろの壁にめり込んだ。

男はいったん、すべてのワイヤーを手に戻した。

「また、切られちゃったか。ほんとにすごいよ、ボーイ。ユー、何者?」

「おまえこそ、なんなんだよ。ただの虫じゃねえだろ?」

「それに答えることはできないけど、ユーは僕に答える義務がある。殺さないでおいてあげるから、教えてくれないかい? ユーの正体」

「自分は名乗らず、おれに話せってか。ロックスターはわがままだな。そんな戯言《ざれごと》には付き合わねえ」

神馬は体勢を低くして、地を蹴った。

男の懐《ふところ》に向かって、まっすぐ突っ込む。

男は両手首を振って、五本のワイヤーをまっすぐ神馬に飛ばした。

神馬は重りが当たる寸前を見切り、右真横に飛んだ。同時に、右手に持っていたナイフを男の左腕に投げる。

伸び切った左前腕に回転するナイフが迫った。

神馬の狙い通りだ。

一本一本のワイヤーに対処するより、起点となる腕を潰してしまう方が早い。

ナイフの切っ先が左前腕にめり込んだ。

瞬間、金属音が響き、ナイフが弾き返された。そのまま床に突き刺さる。

男の右手のワイヤーが弧を描き、神馬に襲いかかった。

神馬は飛び上がった。長テーブルの端を踏み、そのまま沈む。

踏まれた長テーブルの反対側が立ち上がり、ワイヤーの重りを受け止める。一つがその天板を突き破った。

しゃがんだ神馬の頬を重りとワイヤーが掠める。神馬の頬に一筋の傷《きず》が走り、血がたらりと滲《にじ》んだ。

天板を破った重りが引っ込む。ワイヤーがまた、男の手に戻った。

「ワイヤーを一本ずつ片づけるより、相手の腕を使えないようにしようという発想、悪くない。ナイフの扱いもグレート。けど、ベターであってベストじゃない。それは僕も予測しているから、手は打ってる。それを読めないあたり、まだまだベイビーだねえ」

「そうかい。じゃあ、赤ん坊に殺《や》られるおまえは、やっぱ虫だな」

神馬は長テーブルをつかむと、男に向かって投げつけた。

間合を見切り、男は涼しい顔で後退する。

神馬は宙を舞う天板に身を隠した。男の視線が切れた瞬間、ドア口に移動した。

男が気配に気づき、ワイヤーを飛ばしてきた。

神馬は素早くドアを開け、廊下に飛び出した。ドアを蹴り閉める。

ワイヤーの重りがドアを叩いた。

「逃げるのか、ボーイ！」

ドアの向こうから怒鳴《どな》り声がした。

「待ってろ、虫野郎！」

怒鳴り返し、玄関へ走る。

悔しいが、ナイフだけでは勝負にならない。車中に置いてきた漆一文字黒波を使うしかない。

背後を気にしつつ、階段を駆け下り、エントランスに出る。と、玄関がいきなり開いた。

神馬はとっさに壁に身を隠し、ナイフを構えた。

二つの足音が近づいてくる。相手を見た。

神馬は壁際から飛び出し、二人の前に立ち塞《ふさ》がった。

「何しに来たんだ！」

怒鳴る。

凛子と智恵理だった。

「サーバル、どうしたの！」

「どうしたのじゃねえ！　おまえら、何入ってきてんだ！」

「大変なのよ！」

智恵理が言う。

「わかってるわ、んなことぐらい！　やべーのがいるんだ。来るな！」

「そのヤバいのって、第三会議の関係者かもしれない！」

智恵理が声を張る。

神馬の表情が険しくなった。

「どういうことだ？」

「わからない。でも、第三会議指定でうちらも使う周波数の妨害電波が出されていることをポンがキャッチしたの。今、ポンは電波の出所を探してる」

「敵がどういう人たちかわからないけど、身内ってことよ」

凛子が言う。

「身内だと……？」

神馬がつぶやいた。

「ファルコンたちにも伝えなきゃ」

智恵理が足を踏み出す。

神馬は右手のひらを上げて、制した。

「わかった。おれが伝えてくる。おまえらは絶対に上がってくるな。おまえらじゃ、かなわねえ」

「どういうこと？」

凛子が訊く。

「そのまんまだ。おまえらの腕じゃ、一撃で殺られる」

「もしかして、D2？」

凛子が問う。神馬は凛子を睨んだだけだった。

「上にいるのは三人だ。おれたちが抑える。リヴ、もし同業者だとすれば、情報班員がもう一人、このへんにいる。捜してくれ」

「オッケー」

「チェリー。おまえ、D2の見届け人知ってんだろ。連絡取れ。同士討ちはごめんだ」

「わかった」

智恵理と凜子が玄関から出て行く。

「めんどくせえな……」

神馬は頭をぼりぼりと掻《か》きながら、階段へ戻っていく。

階段の途中、防火シャッターを下ろすためのフック棒を見つけた。百センチほどの棒だ。床をコンコンと叩いてみる。スチール製でしっかりとしているが、武器としては心許ない。

「まあ、避けるだけなら十分か」

右肩に棒を担《かつ》ぎ、階段を上がっていった。

8

栗島はバンを走らせ、ビル周辺を回っていた。

ワンブロック東に入った路地で、電波が強くなった。徐行《じょこう》し、電波の発信元を探る。

ビルの谷間を通った時、最大値を検出し、車内の検出器がピーピーと音を立てた。

顔を振った。右手を見ると、ビルの隙間からまっすぐ、アデノバイオが入っているビルが見えた。

「なるほど」

栗島は左側を見ることなく、その前を通り過ぎた。

右折を繰り返し、元の時間貸し駐車場に戻る。エンジンを止め、ライトを落とした。

車載タブレットを指で操作し、場所を特定する。サイトスコープの照準のような円が小さくなっていき、点滅し始めた。

やはり、一本東側の路地に、電波を出している者がいる。

絶妙な位置取りだ。周りのビルで跳ね返された妨害電波が集約し、ビルの隙間を直進してアデノバイオが入っているビルをピンポイントで狙うような場所で電波を出している。

この位置取りであれば、周囲への影響は最小限に留め、ターゲットの建物は完全に妨害することができる。

「プロだ……」

栗島がモニターを睨んでいた時、いきなり助手席のドアが開いた。

栗島はびっくりして仰け反り、運転席のドアの窓に後頭部をぶつけた。

「あいっ！」

顔をしかめて、後頭部をさする。

「どうしたの、ポン！」

智恵理だった。

「チェリーですか。もう、びっくりしたなあ……」

「驚くことないでしょ？　電波の発信源、わかった？」

「はい。すぐ近くです」

「そっちのほうが早そうね。そこに連れてって」

助手席に乗り込み、ドアを閉める。

「乗り込むんですか？」

「話をするだけ。急いで」

「了解です！」

栗島は車を出した。

電波が発信されていると思われる路地には、グレーのワゴンが停まっていた。窓はあるものの、黒いフィルムが貼られ、中は窺《うかが》えない。

栗島はワゴンが路地から出られないように塞いだ。

「チェリー、グローブボックスに銃が入っていますよ」

「武器はいらない。話をするだけだから」

そう言い、助手席を降りる。

「ちょっと待ってください！」

栗島はグローブボックスを開き、銃を取り出した。

万が一を考え、腰に挟んで、運転席から降りる。腰に手を当てたまま、智恵理の後に続く。

智恵理はワゴンに近づくと、後部座席のスライドドアをノックした。

中の空気が張り詰めた。

栗島は気配を察し、銃把《じゅうは》を握り締めた。

「ブルーアイ。D1のチェリーです」

声をかける。

中から返答はない。

「チェリー。ブルーアイって、D2の見届け人のことですか？」

「そう。ここに来ているのは、二課である可能性が高いの」

そう言い、もう一度ノックする。

「もし、中にいるのがブルーアイなら、返事を。急ぎなの」

智恵理はもう一度声をかけた。

栗島は少し震えた。

智恵理は〝もし〟と言った。中にいるのが二課の者なら話し合う余地はあるのかもしれない。

だが、関係ない者、もしくは三課を殲滅させた敵であれば——。

栗島はいつでも銃口を向けられるよう、神経を尖らせる。

「D1のチェリー？」

中から女性の声が聞こえた。

「そうです。さっき、ここへ着いたばかりです」

チェリーが言う。

ドアロックの外れる音がした。

スライドドアが自動でゆっくりと開く。栗島が運転席のあたりに回った。

と、運転席のドアが開いた。

とっさに銃口を上げ、向ける。振り返った栗島の眉間に銃口が押しあてられた。栗島の銃口も相手の額《ひたい》に向いている。ショートカットで眼鏡をかけた女性だった。

「あんたたち、何者？」

眼鏡の女性が栗島を見据える。

「あ、あんたこそ、誰だ！」

栗島の声が震えた。

スライドドアが開いた。中から、セミロングで痩身の女性が顔を出した。

「あら、本物のチェリーじゃない」

「お久しぶりです、ブルーアイ」

智恵理が笑顔を見せる。

ブルーアイは、そのコードネーム通り、左眼だけが青かった。

「ミミ、本物よ。銃を下ろして」

眼鏡の女性に声をかける。

「ポンも。話すだけだから、武器はいらないって言ったでしょ。ごめんね、ミミさん」

智恵理が言う。

「先に下ろしな」

ミミが栗島を睨む。

栗島は静かに銃口を下げ、小声で「すみません」と言い、しょんぼりと肩を落とした。

「二人とも入って」

ブルーアイは外を見回した。

智恵理と栗島が中へ入る。

「どうして、私たちがここにいるとわかったの？」

ブルーアイが訊いた。

「妨害電波をキャッチして、それが第三会議指定の周波数だったので」

栗島が答える。

と、運転席からミミが言った。

「ほら、やっぱり。だから、違う電波使おうって言ったんだよ。こいつらは知らねえけど、第三会議関係者とかアントがいりゃあ、一発でバレるって」

不満げにこぼす。

「それも目的だったでしょ。電波を拾う者がいれば、それも敵かもしれないから」

ブルーアイは静かに返し、智恵理に顔を向けた。

「あなたたちなの？　寺崎を殺したのは」

「えっ！　寺崎が殺された？」

栗島が声を裏返す。

その顔を見たブルーアイが微笑んだ。

「どうやら、違うようね」

「初めて知りました。細かいことはともかく、中にいるのはD2のメンバーですよね」

「そうよ」

「うちのメンバーとやり合ってるみたい。同士討ちになります」

「あらら、それはいけないわね。ミミ、電波を止めてくれない？」

ブルーアイは運転席に目を向けた。

「防犯カメラが作動してしまいますよ」

ミミが躊躇《ちゅうちょ》する。

「あの……。アデノバイオが入っているビルの防犯カメラだけを止めれば大丈夫ですか？」

栗島が訊いた。

「そうね。何か、策はある？」

ブルーアイが訊く。

「三分待ってください。ビルの電源を落としてきますから」

「ずいぶん、アナログね」

ミミがバカにしたように言う。

「けど、効果的。D1の工作員さんはなかなか機転が利《き》くわね。お願いできる？」

「はい」

「じゃあ、三分後に電波を切る。一分で話を通すから、また明かりを点《つ》けて」

「わかりました」

栗島はうなずき、ワゴンを飛び出した。

「私だって、アナログなら思いつきますよ」

ミミが仏頂面《ぶっちょうづら》を覗かせる。

「思いつくのと実行に移すのは別。良いと思ったものは吸収しないと」

ブルーアイは諭《さと》し、智恵理を見やった。

「お互い、わかっていることを突き合わせましょうか」

「そうですね」

智恵理はうなずいた。

9

ロッカールームでは、伏木とタイトなミニスカートを穿いた男との闘いが続いていた。手足を駆使《くし》した鋭い打撃の応酬《おうしゅう》が続くが、致命傷には至らない。すんでのところでかわしながら、攻撃を続けるという一進一退の攻防が延々《えんえん》と繰り返されている。

男が伏木の顔面に左ストレートを放ってきた。伏木はダッキングで躱《かわ》しつつ、オーバーハンドのフックを浴びせる。

男が真後ろに飛び退《の》く。伏木の拳が空を切る。

男が左脚で、前のめりになった伏木の顔面を狙った。

伏木はそのまま沈み込み、右脚を回転させ、軸足となっている男の右脚を狙う。

男は伏木の狙いを察し、片足で跳びあがった。伏木の脚が地面すれすれをよぎる。

二人は宙と地でそれぞれくるりと回転し、立って、距離を取った。

二人して身構える。互いに肩で息を継いでいた。

「おじさん、息切れてんじゃん」

「あんたこそ、顔色蒼いわよ。体力ないわね、若いのに」

「おじさんよりは若いだろうね」

「私、まだ二十代よ」

「うそ！　どう見ても、五十オーバーだと思ったけどね」

「失礼ね！　まだ、五十路《いそじ》には入ってないわよ！」

「ということは、四十代か」

伏木はにやりとした。

男が渋い顔を覗かせる。

「私の歳を知ったからには、生かしちゃおかないよ」

「さっさと決めてあげないと、おじさん、もたないだろうからさ。僕も本気でいかせてもらうよ」

手のひらを開いて、両肩を落とし、胸元あたりで構える。半身を切っていた体も少し開いて、自然体で立った。

「へえ、あんた、クラヴ・マガも使えるの？」

男の眼光《がんこう》が鋭《するど》くなる。

「すぐわかるあたり、たいしたもんだねえ」

「じゃあ、私は、こっちでいこうかしら」

男は両腕をぶらぶらとさせた。腕を上げたと思ったら、ぐねぐねと体を動かし、力を抜いていく。

そして、両肩をストンと落とし、力の抜けた状態で立った。

「いつでも、どうぞ」

男が誘う。

なんだ……？

伏木は様子を探りつつ、攻め手を探した。しかし、じっとしていてもわからない。

とりあえず、踏み込んで、ノーモーションの右ストレートを放ってみた。

と、男の上体がゆらりと揺らいだ。下げた両腕が鞭《むち》のようにしなり、伏木の右ストレートは左腕で弾かれた。

すぐさま、しなる右腕が伏木の頭部に襲いかかる。

伏木はダッキングすると同時に真後ろに飛び退いた。その残像に、男の右脚の蹴りが飛んでいた。

「いやあ、すごい。本物のシステマ使いは初めてだ」

伏木は構えを解いて、仁王立《におうだ》ちした。

システマとは、旧ソビエト連邦時代に編み出された格闘術だ。

近接の間合いに優れる格闘術で、ロシアの軍や警察の特殊部隊で使われている。特定の構えはなく、リラックスした状態で姿勢を保ち、波のように移動して攻撃を繰り出すのが特徴だ。

一般では護身術として広まっているが、本来は戦場で使う殺人術である。

「あら、すぐわかるなんて、たいしたものね。あんた、ほんと、何者？」

「おじさんこそ、何者だよ。ひょっとして、元スペツナズとか？」

「だったら、どうする？」

「怖いねえ。戦いたくないけど、許してくれなさそうだから——」

伏木が全身に力をみなぎらせた。

「一撃で終わらせる」

伏木が地を蹴った。

右の手のひらに力を籠め、男の喉元に突き出す。指で喉笛を抉《えぐ》ろうとする。

男はしなって、指先をかわした。右に回り、懐へ入ってくる。

伏木は男の顔面の横を過ぎた右の手首を曲げ、男の後ろ首をつかもうとした。

男が体を沈める。

そこに、右膝を突き上げた。

男は仰け反り、飛び上がった。宙で、伏木の胸を蹴る。伏木は胸で押した。

男の体が後方へ飛んだ。ドアをけたたましい音で突き破り、廊下に転がり出る。

伏木は胸を押さえ、廊下に飛び出した。

男にまたがろうとした時、背後に気配を感じた。胴に何かが巻き付き、動きを止められる。

振り向こうとした。その眼前に、黒い塊《かたまり》が迫っていた。

首をねじって、顔を反らせる。鼻先を黒い塊がよぎる。顔が起き上がる。そこにまた黒い塊が迫っていた。

伏木の頬が強ばった。

その時、脇を影が横切った。顔の前で何かが振り上がる。

金属音が弾け、黒い塊が天井を抉った。

同時に、体を拘束していた何かが緩んだ。

よろけて、脚を踏ん張り、影を見る。

「サーバル！」

腰を見ると、ワイヤーが巻き付いていた。

顔を上げる。神馬の先には、赤い革ジャンをまとった派手な男が立っていた。

「なんだ、あいつ？」

「虫だけどよ。強《つえ》えぞ。そっちのすね毛のおっさんは？」

「このおじさんも、なかなかだ」

「やっぱ、そうか」

神馬は上体を起こした。

そこに、ロックスター男のワイヤーが飛んできた。

神馬はフック棒を前面に立てた。そして、目にも止まらぬ速さで８の字に振った。

複数の金属音が弾け、ワイヤーの重りが四方に散り、壁や床を破壊した。

「ほう。ユーは剣術遣いか」

ロックスター男が言う。

「おれは暗殺部一課執行人、サーバルだ」

名乗った。

と、ロックスター男は構えを解いた。

「一課？　Ｄ１か？」

「そうだ。おまえら、Ｄ２じゃねえのか？」

「マジか」

伏木が驚いて目を丸くする。

「おじさん、ほんとにＤ２か？」

「おじさんじゃないって、何度言えばわかってくれるのよ！」

タイトミニの男は打ったところをさすりながら立ち上がった。

「私は、Ｄ２情報班員のレイ。向こうにいるのは、うちの執行人、ロックスター」

「まんまか！」

神馬は思わず、声を上げた。

「ユーがロックスターロックスターって言うから、僕のこと知ってるのかと思ったよ」

「格好見りゃ、誰だってそう言うだろうが」

神馬は苦笑した。

「僕はＤ１の情報班員、クラウン。暗殺部の人間なら、活殺術を心得ているのは納得だよ」

伏木は何度もうなずいた。

「で、ロックスター。おまえら、何やってんだ？」

神馬が訊く。

「ユーたちこそ、何しに来た？」

ロックスターが訊いた時、いきなり明かりが消えた。

暗闇《くらやみ》でそれぞれが気配を探る。

廊下の奥で二つの携帯電話の着信音が鳴った。ピリピリと廊下に響く。

何やら話し声が聞こえるが、神馬と伏木はロックスターとレイの気配に神経を集中させているからか、言葉が耳に入ってこなかった。

身構えていると、すぐに明かりが戻った。

眩《まぶ》しさに、四人とも目を細める。

「なんなんだよ……」

神馬はロックスターを見やった。彼が攻めてくる様子はない。

伏木は左腕を見た。知らぬ間に、レイが両腕で伏木の左腕を包み込んでいた。

「こらこら……」

やんわりと振り払う。

「あら、ごめんなさい。急に暗くなったから、怖くって」

レイが笑みを見せる。

伏木は、おまえの方が怖いよ、という言葉を飲み込み、ぎこちない笑みを返した。

神馬はロックスターを見据えた。

「もう一度、訊くぞ。おまえら、D2の連中はここで何を――」

「俺たちと同じ目的だ」

廊下の奥から周藤の声が聞こえた。

周藤の横には、袈裟《けさ》を着て大玉の念珠《ねんじゅ》を首にぶら下げた大柄のスキンヘッドの男がおり、並んで歩いてくる。

神馬と伏木、レイとロックスターの四人が、二人に目を向けた。

ロックスターの隣りまで来ると、スキンヘッドの男は神馬たちの方へ行くよう、背中を押した。

ロックスターがよろよろと歩いてきて、神馬の横に立つ。レイも伏木の脇に並んだ。

「俺はD1のリーダー、ファルコン。こちらは、D2のリーダー、僧正《そうじょう》さんだ」

神馬と伏木に向け、言う。

「ファルコンさんから話を伺《うかが》った。一課も寺崎を拉致し、敵を誘い出す計画だった」

「ということは、二課も？」

伏木が誰に訊くともなしに訊く。と、隣のレイが答えた。

「第三会議の言う通りにしてたら、いつ私たちが狙われるか、わからないでしょ？　だから、殺っちゃおうと思って」

「うちも同じだよ、おじ……レイさん」

伏木が名前で呼ぶと、レイは髭で蒼くなっている頰をほんのり赤く染めた。

「で、寺崎はさらったのか？」

神馬が僧正を見た。

隣のロックスターが言った。

「ノンノン。ヒー、イズ――」

溜めて、神馬の顔を覗き込む。

「デッド」

親指で喉を掻き切る仕草《しぐさ》を見せ、舌《した》を出した。

「気持ちわりいな」

神馬がロックスターの頬を押して、どける。

「僧正さんの案内で、寺崎の部屋を見てきた。誰もいなかった。しかし、掃除した痕跡《こんせき》は残っていた。綺麗すぎるんだ。俺も見た限り、プロによるものだ。アント並だよ」

周藤が言った。

神馬と伏木の顔が険しくなる。D2の人間も重い表情を覗かせていた。

「おまえらが殺ったんじゃねえのか？」

ロックスターを睨む。

「こっちはユーたちを疑ってんだけどね」

神馬を睨み返す。

「サーバル、失礼だぞ」

周藤が言う。

「いや、サーバル君の疑いはわかる」

　僧正が口を開いた。野太く、よく響く声だ。

「我々も、君たちに対する疑念を解いたわけではない。だが、先ほど、うちのブルーアイと君たちのところのチェリー君がここ一時間の互いの動向を突き合わせた結果、どちらかの課が寺崎を殺したという可能性は限りなくゼロに近いことがわかった」

「本当にアントが独断で動いたってことはあるのか？」

　神馬が言う。

　と、レイが答えた。

「アントは後処理専門。寺崎を殺して、アントを動かせるのは、第三会議だけ。そうじゃない、クラウン？」

　胸元を摺り寄せる。

「そうですね」

　伏木は返事しながら、少し避けた。

「僧正さんたちは現場検証を終えた。我々も十分で現場を検証し、ここを後にする。その後、いったんそれぞれがオフィスに持ち帰って分析、検討し、今後は協力して敵を炙《あぶ》り出すことにした」

「組むのか？　D2と」

　神馬はロックスターを睨む。

「第三会議や調査部を介して共闘するのはリスクがあった。こうして面識もできた以上、スピーディーに事を進めるには、一部共闘したほうがいいと判断した」

「そういうことだ。サーバル君も思うところはあろうが、共に闘っていただきたい。この通りだ」

　僧正が頭を下げる。

　別の課とはいえ、そこのリーダーに頭を下げられては、嫌と言えない。

　と、ロックスターが神馬の肩に手を回した。

「よろしくな、ボーイ」

「おまえとは組まねえよ」

　手を払おうとする。

　ロックスターはその前に手を離して、上体を起こした。

「では、ファルコンさん。私たちは先に失礼します。ジャミングしている者は残しておいてもかまいませんが」

「いえ、うちの者にさせますので。後ほど、うちの見届け人を通して、連絡させていただきます」

「よろしくお願いします」

「こちらこそ」

周藤が頭を下げた。

僧正はロックスターとレイに合図をし、歩きだす。

ロックスターは神馬の背中を親しげに叩き、レイは伏木にウインクして、僧正の後に続き、廊下から消えた。

「ファルコン、マジでＤ２と組むのか？」

「とりあえず、な」

「信用できるのか？」

伏木が訊く。

「全面的に信用しているわけではない。だが、僧正が嘘《うそ》をついている感じはなかった。確証はないがな」

僧正の残像を見つめる。

「やり合わなかったのか？」

神馬が訊く。

「やり合ったよ。正面から相手を叩きのめすタイプの人だ。強かった。チェリーとブルーアイからの連絡がもう少し遅れていたら、やられていたかもしれない」

周藤は淡々と語る。

よく見ると、周藤の手首や首筋といったところに痣《あざ》ができていた。

「敵でなければいいがな」

周藤が言う。

「僕も、女装癖のシステマ使いを相手にするのはごめんだね」

伏木が息をつく。

「もし、敵なら、今度こそあの虫野郎の息の根を止めてやるよ」

神馬は数多《あまた》に受けたワイヤー攻撃を思い出し、苛立った様子を覗かせた。

「ともかく、今日のところは急いで現場を調べて、退散しよう」

周藤が言う。

二人が首肯した。

周藤たちは寺崎がいたと思われる社長室へ向かった。

第三章　Dを狩る者

1

菊沢は副総監の瀬田に呼ばれ、副総監室を訪れていた。

「一課の捜査状況はどうだ？」

「まだ、進展はないようですね。二課はどうです？」

菊沢が訊く。

「こちらも特に進展なしなんだが――」

瀬田は指を組んで太腿《ふともも》に置き、身を乗り出した。

「彼らは、私たちの指示に従っているのか？」

菊沢を見やる。

唐突《とうとつ》な問いに、菊沢の黒目が一瞬かすかに揺《ゆ》れた。

瀬田は見逃さない。

「一課も、そうか……」

上体を起こし、ソファーにもたれ、深く息をついた。

「一課も、とは？」

菊沢が訊《き》く。

「我々の好きなようにさせてもらう。邪魔すれば、課を解散する。君も、一課の面々にそう言われたんじゃないか？」

瀬田が言う。

「お察しの通り。二課もそうでしたか……」

「本気で解散するつもりのようだった」

「一課もです」

菊沢は苦笑いを滲《にじ》ませる。

「彼らにとって私たちは信ずるに足りない者、と烙印《らくいん》を押されました」

「それも仕方ないか」

瀬田も苦い表情を覗《のぞ》かせた。

「調査部、第三会議からの報告は来てますか？」

菊沢が訊いた。

菊沢には第三会議から何も連絡は来ていない。こちらも、特段上げる情報もなく、D1メンバーが第三会議周辺を信用していないため、痛くもない腹を探られないように連絡を控えていた。

「私のところにも来ていない」

「副総監のところにもですか」

菊沢が驚きを見せる。

「調査が進んでいないようだね。井岡総監から少し調査の動きは聞いているが、やはり、身内の調査は難しいようだ」

瀬田の口ぶりも重い。

「どこに敵が潜んでいるかもわからないですしね」

菊沢の眉間《みけん》に皺《しわ》が立つ。

「副総監に下りてきている情報はどのような内容ですか?」

菊沢が訊いた。

「まず、第三会議が調べている対象は、第一調査部須黒、第二調査部安藤に加え、須黒君に告発したアデノバイオの元治験《ちけん》担当者、小坂井章一についても調べを進めているそうだ」

「そもそも、この告発自体が虚偽《きょぎ》だという可能性も見ているということですか?」

「おそらくな。第二調査部まで乗り出してクロ判定を下しているので、小坂井氏の証言がまったくの嘘ということはないのだろうが、もし初めから、暗殺部を嵌《は》め込むつもりだったならば、周到に用意したということも考えられる」

「そうですね……」

菊沢は険《けわ》しい顔をうつむけた。

「その小坂井氏は、今、行方が知れないようだ」

「消されたんでしょうか？」

「その可能性もある。調査部が全力で捜索しているようだがね。内通者がいれば、もっとも事情を知るであろう小坂井氏を、真っ先に処分するだろう」

瀬田が深く息を吐いた。

「須黒、安藤に関しては？」

「何も出てきていないようだね。今、彼らは自宅謹慎を命じられている。行動監視、通信傍受をしているが、不審な動きはないようだ」

「彼らへの追加の聴取はしていないんですか？」

「総監から聞いた限りでは、最初に行なった聴取以外はしていない」

「泳がせているのでしょうか？」

「そうかもしれんが、彼らは筋金入りの調査員だ。よほどのことがない限り、ボロは出さんだろう」

「本気で調べる気があるんですかね」

菊沢の言葉に怒気《どき》がこもる。

岩瀬川は、自分たちに情報を上げろと言うわりに、情報は下ろさない。

実際、こうして瀬田から話を聞くまで、調査がどうなっているのか、菊沢自身まったく知らされていなかった。

そして、ようやく情報を得たかと思えば、何ら進展のない様子。

暗殺部メンバーでなくても、第三会議に疑念を抱いてしまう。

「ずいぶん慎重になっているようだな。我々も信用されていないのかもしれない」

瀬田が苦笑する。

「まあしかし、おかげでこちらが動きやすくなっていることも事実だ。上が情報を下ろさないのであれば、こちらが積極的に情報を渡すこともないからな」

「ミスターDと対立する構図ですか？」

「本意ではないがね。こっちはこっちで調査を進めるしかない。とはいえ、一課もその調子なら、我々にできることは、彼らを守ることくらいだろう」

「そうですね」

菊沢が深くうなずく。

「先ほど、総監とも話し合ったんだが、調査の情報は総監を通じて、私が集める。君は一課の動きと彼らから上がってくる情報を収集して、私に上げてもらいたい。その上で逐次《ちくじ》、対処方法を決めていこう」

「わかりました」

2

周藤は智恵理を通じて、D2リーダーの僧正と話し合いを重ね、方針を決めた。

D1は、ターゲットとなった寺崎以外の残り三名、アデノバイオ役員・清家淳《せいけあつし》、元証券マン・高羽久大、内科医・関茂晴の調査をすることになった。

D2は、本件で告発を持ち込んだアデノバイオ元治験担当者の小坂井章一を狙《ねら》うことになった。

当初、周藤も小坂井に狙いを定めることは考えていた。

そもそも、小坂井の持ち込んだ話がまったくの作り話なら、小坂井自身がD3を嵌めた何者かとつながっていることになる。

D2のリーダー僧正も同意見だった。

共同で調べることもできたが、それでは効率が悪い。

トップ同士の話し合いの結果、D1はD3のターゲットとなった残り三名の調査を継続。D2が小坂井の捜索をすることになった。

「――というわけだ」

周藤はターゲットや小坂井などの名前が書かれたホワイトボードの前で、メンバーを見やった。

「もし小坂井ってのがビンゴなら、あの虫たちにいいとこ持ってかれるってことじゃねえのか？」

ソファーに座って脚を組んでいる神馬が周藤を見上げた。

「それならそれでいい。どちらが真相に近づいても、情報は共有される」

「信じていいのか？」

「いや、信じるというより、お互いの損得を測れば、今は情報を出し合う方が得策《とくさく》というだけのことだ」

「偽《にせ》の情報を流されたらどうするんだい？」

伏木が訊いた。

「もし、彼らが嵌めてきたら、俺たちの敵は彼らだと確定する。その時は執行すればいい」

周藤はさらりと言った。

「でも、その可能性は薄いんじゃない？」

凜子がタブレットの画面を指でスクロールしながら言う。画面には、D2から得た情報のテキストデータが表示されていた。

「一応、情報班員として解析した限りでは、先方さんが出してきた情報に矛盾や嘘はないわね。寺崎に関する情報も、ほとんど私たちが調べたことと同じだし」

「そこまでしか出してないってことはないんですか？」

栗島が凜子に目を向ける。

「それ以上の情報をつかんでいたら、あの夜、アデノバイオのビルとされている場所に踏み込むことはないと思うの」

「全員で口裏合わせて、すっとぼけてたんじゃねえのか？」

神馬が言う。

凜子は神馬に顔を向けて、微笑《ほほえ》んだ。

「サーバルは、口裏合わせて隠しておける？」

言うと、神馬は渋い顔をした。

「あちらさんの中にも、サーバルみたいに隠しておけないメンバーがいる。どんな組織、チームも、完全な一枚岩というところはただの一つもないものよ。特に、絶対に話してはいけない重要事項を知ると、優越感や選民《エリート》意識が増して、それを下の人間に話したくなる。人は秘密を抱えておけない生き物なの」

「おれは口を割らねえぞ」

「口は割らないけど、態度には出る」

顔を傾ける。

「もし、何かしら情報を隠していることが知れれば、私たちが完全にD2を疑うことはわかっている。逆もしかり。お互いを疑う暇があるなら、真の敵を探すことに全力を注いだ方がいいじゃない？」

「つまり、だから余計なことはしないということですね」

栗島が言う。

「そういうこと」

凜子は栗島を見て、にっこりと笑った。

「私も、ブルーアイが情報を隠したり、偽情報を流すとは思えない。向こうもこっちの情報を欲しがっているから」

智恵理が言う。

「おまえは、ブルーアイを直接知ってるから、そう思うんだろ？」

神馬が見やる。

「ブルーアイは親しい先輩ではあるけれど、その前に私はD1の見届け人だから」

見返す。

「当たり前だ」

神馬はバツが悪そうにそっぽを向いた。

「そのブルーアイからの情報が今しがた入りました。小坂井章一の捜索中、ターゲットの一人であるアデノバイオ役員の清家淳を発見したそうです。こちらの許可を待って確保すると打診《だしん》がありましたが」

周藤をはじめ、全員を見回す。

「おいおい、そりゃ、こっちの仕事だろ」

神馬が言う。

「そうだけど、狙いは同じ。第三会議に持っていかれるくらいなら、D２の手中にある方が良くない？」

智恵理は神馬を見て言った。

「そうだね。あちらさんがどうあれ、第三会議よりはマシ」

伏木が同意した。

「チェリー、ブルーアイに清家の確保は任せると返答してくれ」

周藤が言う。

「承知しました」

智恵理はさっそく、メッセージを返し始めた。

「ファルコン、連中に借りを作る気か？」

神馬が睨む。

「貸し借りじゃない。クリアすべき課題を共有しているのみ」

周藤が答えた。

「じゃあ、おれたちが小坂井を見つけた時は、さらっていいってわけか？」

「そうだな。一応、今のように先方に話を通すことにはなるが。といって、小坂井を獲りに行くことは許さんぞ、サーバル」

「わかってるよ」

渋い表情を覗《のぞ》かせる。

周藤は笑って、全員を見回した。

「よし。では、我々のターゲットは医師の関と証券マンの高羽となるが、どっちを狙う？」

「関先生、開業医よね？」

凜子が確認する。

「そうよ」

智恵理が答えた。

「だったら、そっちのほうが狙いやすいわね。居場所が固定だから」

「ポン、関の病院はわかるか？」

伏木が栗島を見やる。

「少々お待ちを」

そう言い、手元のノートパソコンで調べる。関茂晴という名前を入れると、簡単に見つかった。

「世田谷《せたがや》区の代田《だいた》にありますね。関内科という医院です。羽根木《はねぎ》公園の近くですね」

隣にいる凜子がモニターを覗き込む。

「公園周りね。人通りも少なそうだから、夜に狙えばいけるかしら」

「まずは、探ってこよう」

伏木が立ち上がった。

「何すんだ？」

神馬が訊く。

「情報班員だからね。病院の下見をしてくる。診察でも受けてみるよ。日暮れまでには戻ってくるから、高羽の方の調査をしておいてよ」

そう言い、右手を上げると、オフィスを出た。

「ポン、私とドライブに行かない？」

凜子が誘う。

「えっ」

栗島は頰《ほお》を赤らめた。

「あら、勘違いしちゃった？　せっかくだから、始末されたらしい社長の寺崎の周辺も探っておこうかなと思ったんだけど」

「ああ、そうですね。すみません……」

「いいのよ。かわいいね、君は」

凜子は深く微笑み、立ち上がった。

「ファルコン、ちょっと出かけてくるわね」

「頼む」

周藤が凜子と栗島を見て、うなずいた。

二人もうなずき返し、オフィスを出た。

「じゃあ、おれは高羽ってヤツをさらってくるよ」

神馬が立ち上がる。

「ちょっと、さらってくるって……」

智恵理が言う。

「クラウンも言ってただろ。高羽を調べとけって。退屈だからよ、ちょっと調べついでにさらってくるわ」

「単独行動で失敗したら、どうするのよ！」

「おれ、失敗しないんで」

「サーバル！」

周藤が強く呼んだ。

神馬は真顔で周藤を見据えた。

「ちゃんと高羽のデータを見ていけ。基本は調査のみ。隙《すき》があれば、拉致《らち》してもかまわない。いつでも連絡が取れる状態にしておけ」

「わかった。行ってくるわ」

神馬はさっさと出て行った。

「ちょっと！　いいんですか、ファルコン！」

智恵理が不安げに周藤を見つめる。

周藤は微笑んだ。

「止めても行くだろう。なら、ミッションを与えて動いてもらう方が安心だ」

「騒ぎを起こしたらどうするんですか？」

「俺がいるから大丈夫だ」

周藤はそう言い、手に持ったマーカーをホワイトボードに置いた。

「高羽と関のデータを解析しておいてくれ。他からの情報が入れば、すぐ、俺に連絡を」

「わかりました」

智恵理が首肯《しゅこう》すると、周藤は神馬を追うようにオフィスを出た。

「まったく、うちの連中は……」

一人、オフィスに残った智恵理は深いため息をつき、自分の仕事を始めた。

3

「うん、わかったわ。大丈夫。ひょろそうな男だから、私一人で十分。三十分くらいで連れて帰るから、待っててねー」

レイはブルーアイからの電話を切った。

小坂井の行方を探っていたD2情報班員のレイは、小坂井の自宅近辺をうろついていたとき、偶然、清家を発見した。

タイトなスーツを着ていながらスニーカーで、リュックを背負った、いかにもベンチャー企業の若手役員といった感じの男だった。

清家の自宅と小坂井の住まいが近いという情報はなかった。

清家は、小坂井の元上司に当たるが、小坂井が会社を辞めている今、特に関わりもないはずだ。

不審に思ったレイは、ブルーアイに連絡を取り、僧正に清家尾行の許可をもらった。

小坂井の自宅周辺から離れた清家は、吉祥寺にある自宅マンションには戻らず、新宿や渋谷《しぶや》を徘徊《はいかい》していた。

何をするわけでもなく、緊急事態宣言下で人出が少なくなった街をうろつくだけ。あてもなく、街を散策しているといった風情《ふぜい》だった。

レイは途中、マスクやウィッグを替えながら、尾行を続けた。

渋谷へ来た清家は、原宿《はらじゅく》方面へ歩いていき、明治神宮《めいじじんぐう》に立ち寄った。

南参道から入り、本殿を通り過ぎて北参道門へ進んでいく。

普段は多くの人で賑《にぎ》わう参道も、人影は少なく、時折、レイと清家の二人しかいなくなる場面もしばしばだ。

清家はそのまま北参道を抜けるのかと思いきや、北池の先、宝物殿前にある芝生広場に入った。木陰に座り、リュックを枕《まくら》に寝転がる。

ベンチャー企業らしい自由な働き方を気取っているのか、元々、散策が好きなのか。

レイは離れた場所に座り、それとなく清家の様子を見つめていた。

芝生広場も、普段であれば、散策に来たカップルやファミリーなどがそこかしこにいるのだが、この日は人というほとんどいない。

明治神宮ミュージアムや御苑が閉まっているせいもあるのだろう。気がつくと、だだっ広い広場にいるのは、レイと清家二人だけになってしまった。

しかし、これは予期せぬチャンスだった。

清家も拉致ターゲットの一人。今なら、どうやら寝ているようなので、そのまま眠らせてしまうのもたやすい。

レイは清家を見据えながら、ブルーアイに連絡を入れた。

清家拉致の許可を得るためだ。

状況を伝え、D1と僧正両方から許可をもらうよう伝えた。

五分後、ブルーアイから折り返しの連絡が来た。

清家をさらってもいいとのことだった。

本来なら、もう一人二人、応援の欲しいところだが、清家がいつ目覚めて動き出すかわからない。閉園時間も近い。

速《すみ》やかに事を済ませるには、一人で行動する方がよかった。

レイは肩に提《さ》げたショルダーバッグから、エピペンを取り出した。ただし、中身は、プロカイン塩酸塩注射液。局所麻酔薬だ。

寝ているところに注入して動きを止め、持っている睡眠薬を溶かして飲ませれば、すぐ酩酊《めいてい》状態になる。

簡単な仕事だった。

レイは広場を散歩するふうを装いながら周囲を見回し、清家に近づいていった。

樹の幹の脇に立ち、清家を見下ろす。清家は目を閉じ、静かに寝息を立てていた。

レイはマスクの下で笑みを浮かべた。

知り合いのような顔をして寄り添うようにすぐ左横に腰かけ、小指側から針が出るようにエピペンを握った。

あとは勢い良く腕に針を刺せば、勝手に薬剤が皮下に放出される。

もう一度周囲を見回し、人の目がないことを確認して、エピペンを持った右手を動かそうとした。

その時、レイの太腿にチクッと痛みが走った。

「何、虫？」

太腿を見やる。

プラスチックの筒《つつ》が刺さっていた。清家に目を戻すと、その顔はニヤリと笑っている。

レイはエピペンを振った。が、清家は反対側に転がり、ペン先を避《よ》けた。

立ち上がって、スーツの埃《ほこり》を払う。

「どこまで尾《つ》けてくんだよ、おっさん」

「誰がおっさんだって？」

レイは立ち上がろうとした。が、左脚に力が入らず、バランスを崩す。たまらず、手をつく。

「何したの？」

レイは睨み上げた。

左脚の痺《しび》れが下半身全体に広がってくる。

「何、これ？」

レイは両脚を投げ出し、座り込んだ。下半身がなくなったかのように感覚が薄れていく。

「おっさんと同じもの。いや、それ以上のものだな。おっさんら、塩酸プロカインを使ってんだろ？　そこに刺さってるやつは、その何十倍も即効性のある局所麻酔だ」

清家は目元にひねた笑みを滲ませた。

「あんた、なんで私たちが使ってる薬剤を知ってんのよ……」

「さあね。俺に何かを訊いてる暇があるなら、自分の心配をした方がいい。それ、局所麻酔だけど、相当濃度を上げてるからね。全身にまで効いてくるよ。そうなったら、逃げられない」

「バカな。そんな薬が――」

言おうとした時、ついていた右腕の肘《ひじ》がかくっと折れた。痺れて、力が入らない。まもなく、左腕からも力が抜け、仰向けになった。

「心配しないで。呼吸困難とかになるほどじゃないから。ただ、おっさんに持病があれば、ヤバいかなあ」

清家はそう言い、笑い声を漏らした。

「ふざけんじゃないわよ……」

そう言うレイの舌も痺れてきた。顔や頭もジンジンする。瞼《まぶた》が重くなってくる。

「あらら、おっさん、効きがいいな。まあ、ゆっくり寝てなよ。目が覚めたら、しばらく寝られないからさ」

「ろういう意味よ……」

「そのまんまの意味。じゃあね。次はもう少しマシな尾行しなよね。会うことがあればだけどさ」

清家は笑いながらバッグを取り、レイに背を向けた。

「ま……まれ……」

ろれつが回らず、大声も出せなくなった。霞《かす》む視界の中で、清家の姿がどんどん小さくなっていく。

まずいな、これ……。

レイの耳に響くのは、思い通りにならない体の奥で必死に動く心臓の鼓動だけだった。

4

関茂晴が開業している内科医院は、世田谷区代田の羽根木公園を周回する道路沿いの住宅街の一角にあった。

羽根木公園は都立公園として開園し、その後、区営に変わった。テニスコートや野球のグラウンドがあり、敷地内には桜や銀杏《いちょう》の木も植えられている。南側斜面の約六百五十本、六十品種の梅林は有名で、梅の開花時期には梅まつりも行なわれている。

近隣の人々の憩《いこ》いの場だ。

都心とは思えない空気を感じつつ、伏木は関内科に近づいた。さりげなく周囲を見やる。建物は丁字路《ていじろ》の角にあり、公園側は壁になっている。両隣は住宅。道路に面した側に玄関がある。

両隣の住宅と隙間はなく、一般患者や職員、業者が病院へ出入りできるのは正面の玄関からのみのようだ。

建物の半分は、普通の住居のような造りになっていて、そこにも入口がある。おそらく、病院続きの住居だろう。都市部にはよくある個人病院の形態だった。

「さて、行きますか」

伏木はつぶやき、病院の玄関を潜った。

正面に受付があり、左手に待合室がある。左右の壁際に五人ずつ座れるソファーが置かれている。右手が診察室のようだ。

受付はビニールカーテンで囲われていて、待合室の小窓は開けられ、二台ずつある空気清浄機とサーキュレーターがフル稼働していた。

待合室には、老齢の女性と付き添いと思われる中年女性がいるだけだった。

新型コロナウイルスの関係で、極力、待合室が混み合わないよう対策しているようだった。

「すみません、初めてなんですが」

受付に歩み寄り、声をかける。

「検温をお願いします」

女性看護師が据え置き式の検温器を指《さ》した。手首で測《はか》るタイプのものだ。

伏木は右手首をかざした。ピピッと音がして体温が表示される。平熱だった。

「三十六度五分です」

看護師に告げる。

「今日はどうしましたか？」

「ここ二、三日、腹が痛くて……」

伏木は右手で腹をさすった。

「下痢《げり》や嘔吐《おうと》はありますか？」

「吐いたり、トイレにこもったりということはないですね」

「わかりました。保険証をお願いします」

看護師が言う。

伏木は保険証を出した。名前は〝田中陽介《たなかようすけ》〟となっている。

実在する企業に協力してもらい作成した健康保険証なので、名前以外は本物だった。

「こちらの問診票にご記入お願いします」

カーテン越しに問診票とペンを挟んだクリップボードを渡された。

伏木はソファーの一番奥に座り、問診票を書きながら、院内の様子をつぶさに見回した。

待合室に一台、受付の奥に一台、防犯カメラが設置されている。診察室への動線はドアと受付奥の通路。その奥はまだわからない。

受付に問診票を戻し、ソファーに戻る。腹をさすりながら、改めて室内を見回す。

「増田《ますだ》さん」

名前を呼ばれた中年女性が返事をし、老女を立たせて、ゆっくりと診察室へ向かう。

看護師がドアを大きく開けた。診察室の様子が見えた。

ドアの先にクリーム色のビニールカーテンがあり、その奥に診察室がある。カーテンがめくれた隙間から、関らしき姿が垣間《かいま》見えた。

白髪《しらが》交じりの頭で眼鏡《めがね》をかけた、朴訥《ぼくとつ》とした様子の小柄な中年男性だった。

ドアが閉じる。

伏木はソファーの端に座り、聞き耳を立てていた。

関は穏やかな声でゆっくりと老女に話しかけていた。老女も親しげに答えている。中年女性も、老女の話に補足を加えている。

やはり地元に密着した病院らしい、和《なご》やかな空気感だった。

本当にこの医者が暗殺部三課の件に関わっているのか？

雰囲気からすると、にわかに信じがたい。

ただ、先入観を持つことは危険だ。

伏木は腹の不調を演じつつ、自分の番を待った。

十分ほどして、老女と中年女性が診察室から出てきた。

「田中さん、どうぞ」

看護師が入れ替わりに呼んだ。

伏木は腹に右手を当て、少し腰を曲げて中へ入った。

診察室に入って左側には、パーティションで仕切られたスペースが並んでいる。奥の壁際には通路があり、いくつかドアがある。中は思ったより広かった。

伏木は看護師に関医師の前に誘導された。丸椅子に座ると、関が笑顔を向けてきた。

「どうしました？」

老女に話しかけていたのと同じく、優しげな口調だった。

やはり、この医師が犯罪に関わっているとは思えない。

「ここ数日、ずっと腹が痛いんです」

「そうですか。ちょっと、そちらに寝てください」

関がベッドを手で指した。

伏木は言われるまま、ベッドに仰向けになった。

「お腹を出してくれますか？」

指示され、伏木は服をめくった。

関が触診をする。ふっくらとした手は柔らかく、ほんのり温かい。

「ここはどうですか？」

「大丈夫です」

「ここは？」

「少し重い痛みがありますかね」

伏木は適当に答えた。

「熱は出ましたか？」

「いえ」

即答する。この時期、発熱は新型コロナウイルスの罹患《りかん》を疑われるので、余計な治療につながる返答は避けた。

「関節に痛みは？」

「少しあります」

「そうですか。インフルエンザの初期症状かもしれませんね。調べてみましょう。起きていいですよ」

関が席に戻る。

「熱がないのに、インフルエンザですか？」

「熱が出る前に、関節痛や腹痛が出ることがあるんですよ。去年、インフルエンザの流行がなかった分、今年は爆発しそうなんでね。一応、調べてみましょう」

関は言い、検査キットらしき箱から綿棒《めんぼう》を取り出した。

ちらっとその様子を見ながら、服を直す。そして、関の前の丸椅子に腰かけた。

「はい、上向いてください。ちょっと奥まで入れるので痛いかもしれませんよ」

そう言い、細い綿棒を伏木の鼻の奥に入れた。

粘膜《ねんまく》を搔《か》き回される。鼻の奥がツンと痛くなり、思わず顔をしかめる。

関が綿棒を抜いた。

「十分くらいで結果が出ますので、そちらでお待ちください」

関が看護師を見る。

看護師はうなずき、伏木を奥の個室へ連れていった。ドアを開ける。簡易ベッドが置かれているだけの部屋だった。

「こちらで待っていてください」

看護師に促され、ベッドの端に腰を下ろす。

それを確認し、看護師がドアを閉めた。

伏木は大きく息をついた。肩の力が抜ける。

今のところ、おかしな点はない。むしろ診察は丁寧で、個人経営の開業医らしい傲慢《ごうまん》さも感じられない。

「こんな人のよさそうな医者がターゲットとはねえ」

もう一度、大きく息をつく。

その時、両肩と背中にずしりと重みを感じた。脱力した上半身が沈み、たまらず両肘を太腿に置く。

「なんだ……？」

腕の力で、上体を起こそうとする。が、重りをつけたベストを着ているようだ。動悸《どうき》も激しくなってくる。息苦しい。

額《ひたい》に脂汗《あぶらあせ》が滲《にじ》む。

「どうなってんだ……」

体が熱い。頭もガンガン殴《なぐ》られているように疼《うず》きはじめた。

立ち上がろうとするが、膝《ひざ》に力が入らない。

やられたか……？

と、ドアが開いた。なんとか顔を起こす。

関が入ってきた。

「おや、大丈夫ですか？」

心配している口ぶりではない。伏木をからかっているような物言いだった。

入ってきて、ドアを閉める。

「まさか、本当にやってくるとは思いませんでしたよ。D1のクラウンさん」

「おまえ……なぜ、それを……」

つかみかかろうと腕を伸ばす。が、指先は空《くう》を切り、腕の重みに引きずられるように、ベッドの端から崩れ落ちた。

「あの検査の時か……」

顔をねじり、関を見上げる。

「心配しないでください。まだ、殺しはしませんから」

関は伏木を見下ろし、片笑みを浮かべた。

5

午後三時過ぎ、出かけていた栗島と凜子がＤ１オフィスに戻ってきた。

「おかえり」

智恵理が声をかける。

「コーヒーでも飲む？」

「そうね」

凜子は座って、前髪を指で梳き上げた。

「ポンは？」

「僕もいただけるのであれば」

栗島は大きなショルダーバッグを机の上に置いた。

智恵理は立ち上がって、コーヒーマシンに向かい、紙コップ二つに作り置きのコーヒーを注いで、栗島と凜子のところに持っていった。

「ありがとう。ファルコンは？」

「サーバルについていった」

「あら、仲がいいこと」

微笑んで、コーヒーを含む。

「どうだった？」

智恵理が訊く。

「寺崎は大森にある自宅にも戻ってない。家族が捜索願いを出したみたい。近所の評判は悪くなかった。仕事一筋のエリート起業家っていう、そのまんまの印象を口にする人が多かったわ」

「じゃあ、やっぱり始末されてるかもですね」

「そうね。裏の顔は、家族も近所の人も気付いていなかったみたい」

凜子は紙コップを揺らした。

「クラウン、帰ってきてないですか？」

栗島が訊いた。

「まだよ」

「おかしいなあ……」

つぶやき、ずずっと音を立ててコーヒーを啜《すす》る。

「おかしいって？」

智恵理が訊いた。

「さっき調べたら、関内科は今、夕方までの休みに入っているはずです。診察を受けたにしても、もうとっくに終わってるはずなんだけど」

そう言い、またコーヒーをずずっと啜った。

「連絡は？」

凜子が訊く。

「まだ、入ってないけど。関が出かけて、尾行してるとか」

智恵理が言う。

「その可能性もなくはないけど……。気になるわね。ポン、クラウンのスマホの電波、追える？」

「はい」

栗島は据え置きのパソコンを起動した。

追跡ソフトを起《た》ち上げ、伏木のスマホの番号を入力し、エンターキーを叩く。

この追跡ソフトは、通信機器が発する位置情報の電波を拾《ひろ》い、画面上に映し出された地図上に浮かぶ赤丸で場所を示すというものだ。

メンバーの番号であれば、いかなる場合でも微弱な電波を拾えるよう、各人が携帯しているスマホや追跡ソフトのプログラムを改ざんしている。

なので、伏木のスマホも簡単に見つかるはず……なのだが。

「おかしいな」

栗島は首をひねった。

番号を入れ直し、再びエンターキーを叩く。しかし、肝心の赤い丸が画面上に表示されない。

「うーん……」

「どうした、ポン？」

凜子が訊いた。

「クラウンの電波が拾えないんです。電源を落としていても、位置情報の電波だけは発信するよう、セッティングしてあるんですけどね」

言葉を返しながら三度トライするが、やはり、画面に赤い印は現われない。

「考えられることは？」

智恵理が訊いた。

「ＳＩＭカードが抜かれたか、もしくはスマホごと破壊されたか、といったところです」

「誰かがクラウンのＳＩＭカードを盗んだってこと？」

「抜かれたとすれば、そういうことも考えられます。ＳＩＭカードは裏でも売れますから。けど、クラウンが簡単にスマホを奪《うば》われることなんてないと思うんですけど」

栗島は追跡ソフトの設定をいじりながら答えた。

「確かにヘンね」

凜子がコーヒーを飲み干した。

デスクの引き出しを開けて、赤紫の縁《ふち》の眼鏡を出して掛け、ゆっくり立ち上がる。

「ちょっと見てくるわ」

長い髪をまとめて、ゴムで一つの束にした。

「リヴ、ファルコンの指示を待った方が良くない？」

智恵理が見やる。

「大丈夫。病院の中には入らないし、危険を感じたら退避するわ」

「だったら、僕も行きます」

栗島は再びショルダーバッグに手をかけた。

「ポンはここで追跡してくれてたらいいのよ」

凜子が言う。

「追跡は外でもできますから。公園周りだったら車を停めていても目立つことはなさそうですし、何かあってもすぐ車に戻ってきてくれれば逃げられますし」

「その方がいいね。ポン、お願い」

智恵理は言い、凜子を見やった。

「クラウンから連絡が来たら、すぐにそっちにも連絡を入れるから。ファルコンには、私から報告しとく」

「よろしくね。行こっか」

凜子は栗島に声をかけ、先にオフィスを出た。

「じゃあ、行ってきます。ごちそうさまでした」

栗島はコーヒーを急いで飲み干し、大きいバッグを肩に掛け、凜子の後を追った。

二人を見送って、智恵理は自席に戻った。

軽く一息ついて、周藤に連絡を入れようと、ノートパソコンを起こす。

スリープ状態が解除され、画面が表示される。と、ブルーアイとの連絡用アドレスにメッセージが届いていた。

定期報告かと思いつつ、開いてみる。

「……えっ！」

智恵理は目を見開いた。

Ｄ２の情報班員レイと連絡が取れなくなったという報告だった。

嫌な予感がする……。

智恵理はスマートフォンを取って、凜子に連絡を入れた。

6

レイは、光が一切入らない暗闇《くらやみ》の中で朦朧《もうろう》としていた。

頬や腕が冷たい。硬さとにおいから、コンクリートの床に寝かされていることがわかる。両手首は後ろ手に縛《しば》られ、両足首も拘束《こうそく》されていた。

物音一つしない。咳払《せきばら》いをしてみる。よく響くところからすると、そこそこ広い部屋のようで、障害物もなさそうだ。

体を起こそうと思えば起こせるが、レイは横たわったままでいた。

状況がわからない以上、無駄に体力を削《けず》ることもない。

薬を打たれた体もまだ重い。

今は、少しでも肉体を回復させることに専念しよう。

レイはそう思い、目が覚めてはすぐに眠るということを繰り返していた。

まどろみの中で、何度も過去を振り返った。

レイは大学卒業後、一部上場企業に就職した。素材メーカーで、開発営業を担当していた。

開発営業とは、顧客から要望を引き出し、それを自社の開発部に伝え、新製品の開発を促したり、今販売している製品の質を向上させる提案をしたりする部署だった。

その頃のレイに女装癖はなかった。性的指向もいたってノーマルで、入社七年後、社内結婚をし、翌年には一人娘を授かった。

社内での地位も少しずつ上がっていき、レイのサラリーマン人生は順風満帆《じゅんぷうまんぱん》だった。

つつましやかで平穏な家庭に突然の悲劇が訪れたのは、娘が五歳の時のこと。

買い物に出かけた妻と娘が車に撥《は》ねられ、死亡した。

一瞬にして、妻子を失った。

ニュースでよく見聞きする話だ。が、まさか自身が当事者になるとは、夢にも思わなかった。

加害者は三十代の会社員男性だった。男は当時流行《はや》っていた危険ドラッグを摂取して運転し、そのまま横断歩道に突っ込んだ。

レイの妻子の他にも、多数の死傷者が出た。

男は裁判にかけられた。

しかし、当時はまだ、危険運転致死傷罪は独立して規定されておらず、検察が適用にも慎重だったせいで、業務上過失致死傷罪にしか問えなかった。さらに心身耗弱《こうじゃく》状態にあったとされ、わずか三年の禁固刑で結審した。

レイは憤《いきどお》った。

自分勝手に違法薬物を摂取し、錯乱状態で人の命を奪った者が、わずか三年の刑で罪を許されるなど、到底《とうてい》認めることはできなかった。

レイは被害に遭った他の遺族と共に控訴、上告を重ねたが、最高裁判所でも罪状、量刑は覆らなかった。

虚無感にさいなまれたレイは、会社を辞めた。独りになった家にこもり、在《あ》りし日の家族の写真や動画を見て、日々を過ごしていた。

その時、家族会の仲間から連絡があった。

加害者男性が出所したと。

体の奥底から怒りが湧《わ》き上がった。

まだ、三年経《た》っていなかった。仮釈放されたようだ。

三年でも短すぎると思っていたのに、それも短縮され、一般社会に戻っていく加害者。

かたや、二度とあの幸せな日常を取り戻せなくなった自分や家族会の仲間たち。

不公平にもほどがある。

家族会の仲間たちは、民事で損害賠償請求の裁判を起こした。家族会の面々もまた、レイと同じ思いだった。

家族会は、弁護士の調査に加え、自分たちで金を出し合い、探偵に出所後の加害者の動向を調査させていた。

加害者は、支援団体の紹介で一度は就職したものの、すぐに辞め、親の援助や借金でふらふらと遊び歩いていた。

まだ、民事裁判で損害賠償を争っているにもかかわらず、である。

まったく反省の色が見えない加害者に対して込み上げる無念は殺意に変わり、止められなくなった。

レイは自宅を処分した。

自分は簡易ホテルで寝泊まりし、自ら加害者を尾け、さらに詳細な動向を調べ上げた。

加害者は、事件を起こす前からの友人と、渋谷の地下にある小さなクラブハウスに入り浸《びた》っていた。

家族会の調査でも加害者の立ち寄り先と認定されていて、事故当時、ここで入手した危険ドラッグを摂取していたのではないかとも言われていた。

つまり、レイや家族会のメンバーにとっては悪の巣窟《そうくつ》だ。

レイは残った貯金すべてをはたいて、散弾銃と日本刀を手に入れた。

楽器ケースに散弾銃と日本刀を入れ、加害者を尾行した。いかにも怪しい雰囲気なのだが、都会には様々な人がいるからか、すれ違う人は気にも留めない。

加害者が地下の階段を降りていく。

レイは少し階段を降りたところで、楽器ケースから散弾銃を抜き出した。

「おい」

声をかける。

加害者が振り向いた。

瞬間、レイは引き金を引いた。

凄《すさ》まじい炸裂音《さくれつおん》が狭い階段に轟《とどろ》いた。レイの耳までジンジンするほどの発砲音だ。

飛び出した散弾は加害者の男の右肩を襲う。散弾が肩の関節を破壊し、筋肉と神経を引きちぎる。壁が血に染まる。

加害者が悲鳴を上げた。弾かれ、階段を転げ落ちる。それを追うように、宙を舞った右腕が加害者の顔の横に落ちた。

レイは日本刀の抜き身を左手に持ち、ゆっくりと階段を降りた。

のたうち回る加害者の腹を踏みつける。

「待ってろ。すぐには殺さない」

レイは加害者の両太腿を日本刀で突き刺した。

加害者が声にならない悲鳴を放つ。

レイはドアを押し開けた。中からビートの利《き》いた音楽が大音量で漏れてくる。マリファナや違法薬物だろう甘い香りも漂う。

中へ入り、銃身を起こして、銃床を右胸にぴたりと当て、脇を締めた。

すぐ前にいた男の背中に向けて、発砲する。銃声が轟くが、スピーカーからの大音量と相殺《そうさい》される。

背中を撃ち抜かれた男が前方に飛んだ。前にいた男にぶつかる。

男は撃たれた男を払い、振り向いた。その視線の先には銃を構えたレイがいる。

「なんだ、てめえ！」

レイは男の顔面に散弾を放った。

鉄球の幕が男の顔の上半分にめり込む。男の顔がパッと弾《はじ》け、血肉が花火のように飛散する。

広がった散弾は周囲にいた者にも襲いかかり、悲鳴が上がり、何人かが倒れた。

レイはＤＪブースに歩み寄り、そこにも散弾を撃ち込んだ。音楽が止まり、機材から火花が上がる。その先にいたＤＪも被弾し、後ろに倒れた。

「銃だ！」

音楽が止み、突然訪れた間の中で、誰かが叫んだ。

途端、フロアはパニックになった。

レイは人波を避けることもせず、誰彼かまわず撃ち、斬りつけた。

逃げ惑う客やスタッフに恨みはない。が、狂気にとらわれたレイには、フロアにいる者すべてが加害者と同類の人間にしか映っていなかった。

最後の散弾を放った頃には、フロアから人っ子一人いなくなっていた。

しんとした薄闇に硝煙《しょうえん》と血の臭いが漂う。その隙間《すきま》を縫《ぬ》うように呻《うめ》き声が揺蕩《たゆた》う。

レイは散弾銃を放り捨てた。

刀を握って、出入口に向かう。ドアは開けっぱなしになっていた。

ドアの向こうを見る。

加害者は絶命していた。

我先にと逃げる客に容赦《ようしゃ》なく踏みつけられ、頭部は砕《くだ》けて目玉は飛び出し、内臓をやられたのだろう、口からおびただしい血を吐き出していた。

無惨《むざん》な死に様だが、レイは冷ややかに見つめた。

当然の報《むく》いだと思った。

まもなく、警察官が駆け付けた。

レイは抵抗することなく逮捕され、収監された。

もとより、死刑は覚悟していた。きっちりと裁かれて死のうと決めていた。

それが自身の行為を正当化できる唯一の方法だと思っていたからだ。ただの狂人として
あの世に行ってしまえば、不慮《ふりょ》の死を遂《と》げた妻と子供に顔向けできない。

しかし、家族会の嘆願《たんがん》と弁護士のせいで、死刑は免れ、懲役二十年の有期刑となった。

死ねないのもまた自分に課せられた宿命なら受け止めるしかないと思った。

刑務所での暮らしもすっかり板についてきた懲役生活五年目の春のこと。

坊さんが突如《とつじょ》面会にやってきた。

それが、僧正だった。

暗殺部に参加してほしいという。

にわかに信じがたい話ではあったが、レイはその申し出を受けた。

妻と子供が死んだときに、自分の人生は終わっている。残りの人生、少しでも誰かの役に立てるなら、刑務所でくすぶっているより、はるかにまし。

ただ、表社会に戻るなら、過去の自分は消したかった。

もう死んでしまった人間が、シャバを闊歩《かっぽ》してはいけない。

刑務所を出たその日から、レイは女装を始めた。

うとうとする中での回想は、いつもそこで終わり、目が覚める。そしてまた、眠くなると妻子が生きていた頃の記憶に還《かえ》る。

漆黒の闇に身を置いているからか、体も脳も時間軸を失ったようだ。

だが、その記憶のループに心を預けている時間は嫌いではなかった。

自分が生きていた時の記憶だからだ。

喜びも悲しみもひっくるめて、生を感じられた時。長い間、忘れていた。

最後に、愛する妻と子のことを思い出せてよかったとさえ感じていた。

おそらく、自分をさらった〝敵〟は、レイが口を割ろうと割るまいと、用済みとなれば〝処分〟するだろう。

であれば、最後にもう一度だけ、生を滾《たぎ》らせて、少しでも社会の害虫を駆除《くじょ》できれば、第二の人生も無駄ではなかったと思える。

その一太刀のために、レイは心身を整えていた。

足音が聞こえた。

闇の中で目を開く。

足音が止まり、ドアが開いた。頭頂側から明かりが射《さ》す。何時間か、いや何日ぶりの明かりだろうか。

レイは目を細めて素早く顔を回し、室内の間取りを確かめた。

「このおっさん、まだ生きてんのか」

若い男の声がした。

「きたねえ顔してんな」

別の若い男の声がして、複数の笑い声が上がる。

「おら、入れ」

また別の男の声がした。

レイは首を反り返し、ドアの方を見やった。

その目が見開く。

この子、Ｄ１のクラウン。

目が合った。伏木はかすかに口元に笑みを滲ませた。

ベルトをつかんで引きずっていた男が、伏木を突き飛ばした。つんのめって倒れる。伏木は顔からコンクリートに落ちた。前歯が折れ、血と共に口からこぼれる。

「さっさと殺しちまえばいいのにな」

「殺すなという命令だ。仕方ない。まあ、放っておけば餓死《がし》するだろうけどな」

男たちは口々に好き勝手なことを言い、部屋を出て、ドアを閉めた。

足音が離れていき、消える。

レイは声をかけた。

「クラウン？」

「レイねえさんか。こんなところで会うとはね……」

伏木が言う。

「どうして、こんなことに？」

レイは伏木の声を頼りに這い寄った。

「関茂晴の病院の内偵《ないてい》をしてたら、薬を盛られた。ねえさんは？」

「私は、清家を捕まえようとして、逆に麻酔薬を打たれて」

「そうか。災難だったな、お互いに――」

自嘲気味の笑い声がこぼれる。

闇の中でレイも笑みを浮かべた。

「どういうことかわからないんだが、ハッキリしたことが一つだけある」

「何？」

レイが訊く。

「敵はおれたちを知ってる」

伏木の言葉に、レイの目が鋭くなった。

第四章　Dの潜行

1

高羽久大が経営している投資コンサルタント会社のオフィスは、ＪＲ中央線武蔵境《むさしさかい》駅から一キロほど南下した武蔵境通沿いの三階建てマンションの最上階にある。

通りを挟んだ東側には武蔵野赤十字《むさしのせきじゅうじ》病院があり、住宅地のわりにはよそから訪れる人も多い場所だった。

神馬は病院の建物の間に立ち、スマートフォンをいじって人待ちするふりをしながら、ちらちらと高羽の部屋とマンションの玄関に目を向けていた。

と、ふいに背後に気配を感じた。

スマホを握り、鼻先まで上げて、黒い画面で背後を確認する。

「なんだよ」

振り返らず、声をかける。画面に映《うつ》ったのは周藤だった。

「大胆だな。高羽の部屋のベランダから丸見えだぞ」

「電柱や植木で死角になってる。問題ない」

「何時間も同じ場所にいれば、嫌でも目立つ」

「場所は変えてるよ」

「その格好は少々目立つぞ」

「うるせえなあ。おれの親かよ」

周藤が言うと、神馬は舌打《したう》ちを返した。

後ろで、周藤は笑った。

「すぐ動ける態勢だな。さらう気か？」

「出てきたら、尾行するだけだ」

神馬はため息をついた。

「で、高羽に動きは？」

「特には。部屋ん中にはいるみてえだけど」

話していると、スマートフォンが鳴った。

周藤のスマホだ。

壁面に背を持たせかけ、電話に出た。

「もしもし……。クラウンが？」

周藤の声が緊張する。

神馬は少し首を傾け、背後に目を向けた。

「レイさんもか。わかった。すぐ、僧正さんと連絡を取りたい。俺の番号を僧正さんに教えて、電話をくれと伝えてくれ」

通話を切ると、周藤は神馬の近くに歩み寄った。

「クラウンが消息《しょうそく》を絶《た》った」

「どういうことだ？」

「関医院に患者を装《よそお》って潜入したまま、出てきていない」

「中にいるんじゃねえの？」

「四時間以上もか？」

周藤が言う。

「それと、清家を確保する予定だったＤ２のレイも行方がわからなくなっている」

「敵が動いたのか？」

「おそらく――」

周藤のスマートフォンが鳴った。

「もしもし、ファルコンです。ちょっと待っていてください」

周藤は通話を保留にし、神馬に声をかけた。

「高羽を見張ってろ。俺はいったん車に戻る」

そう言い、駐車場に走った。

「言われなくても見張ってるよ」

周藤の後ろ姿に声をかけ、視線をマンションに戻した。

周藤はなかなか戻ってこなかった。

五分、十分……。

敵を見張っている時間はたいして気にもならないが、身内に待たされる時間は一分でも苛立《いらだ》つ。

二十分近く経《た》って、周藤はようやく戻ってきた。

「何やってたんだよ」

つい、言い方がきつくなる。

「すまんな。僧正と打ち合わせをしていた」

「打ち合わせってなんだ？」

「うちとD2で、関係者を拉致《らち》する」

周藤が言う。

神馬は周藤を見上げた。

「俺とおまえは、ここで高羽を捕らえる。関はポンとリヴが。清家はD2チームが拉致することになった」

「小坂井は？」

「D2メンバーが家に踏み込むそうだ。中にいるかはわからんがな」

「まあいいか。一人欠けても、他の三人を拷問《ごうもん》すりゃあ、何か出てくんだろ」

神馬は少し膝《ひざ》下を振って、伸びをした。

「んじゃあ、早く済ませようぜ」

左掌《てのひら》に右拳《こぶし》を打ちつける。

「行こう」

周藤も建物の陰から出た。

武蔵境通を渡り、斜《なな》め右手にあるマンションに近づく。

「いけるか？」

周藤は上を見た。

神馬は周辺を少し歩いた。左隣は建物が壊され、更地《さらち》となっている。

右隣には同じ高さの三階建てマンションがあり、壁際に電信柱《でんしんばしら》があった。そのマンションと高羽のオフィスがあるマンションの間隔は五メートルほどだ。

周藤の下へ戻る。

「OK。俺は玄関で呼びかけるから、その隙《すき》に侵入して押さえろ」

「隣から飛ぶよ」

「任せとけ」

神馬は電信柱に走った。

それを確認し、周藤はゆっくりとエントランスに回った。築年数の経っているマンションのため、オートロックはなかった。少し気配を探り、中へ入る。階段を上がり、三階の廊下に出た。

三部屋あり、真ん中の部屋が高羽のオフィスだ。

周藤は落ち着いた足取りで、部屋の前まで来た。少し間を置き、神馬が侵入するはずの屋上の音に注意を向ける。

かすかにトッ……という音がした。

周藤は小さく笑《え》みを浮かべ、インターホンを鳴らした。

中の気配を探る。人が動いている様子はある。

オフィスといっても従業員はなく、中にいるのは高羽一人のはずだ。

しかし、複数の気配を感じる。

続けて鳴らした。

複数の足音があわただしく動く。

おかしい……。

周藤は壁に身を寄せ、インターホンのカメラの死角に入った。

玄関に誰かが出てきた。たたきで履物をひっかけ、ドアに近づく。しかしすぐには開けない。外の様子を探っているようだ。

周藤は手を伸ばし、もう一度、インターホンを鳴らした。

ドアのロックがゆっくりと外される音がした。ドアがそろそろと少しずつ開いていく。

周藤は壁に背を当て、息を潜めた。

いったんドアが閉まる。ドアガードを外した何者かが再びゆっくりとドアを開いた。

瞬間、周藤はドアバーを握り、開いた。

何者かは勢いにつられ、前のめりに廊下へ飛び出してくる。

何者かの体勢を瞬時に見切った周藤は、人影の顎《あご》に右掌底《しょうてい》を叩き込んだ。

人影はドアバーを握ったまま、前のめりに倒れ、そのままうつぶせに沈んだ。

そのまま中へ踏み込む。

狭い廊下には三人のスーツを着た男がいた。

周藤を見据えている。相手が敵だとわかっているような目つきだ。

先頭の男が殴《なぐ》りかかってきた。

周藤はとっさにダッキングした。股間に右ストレートを打ち込む。

男は避《よ》けきれず、股間にまともに拳を食らい、両膝を落とした。

周藤は立ち上がる勢いで、男の胸元を両掌で突いた。

前に倒れかけていた男の体が浮き上がり、後方へ飛ぶ。後ろにいた男は、弾《はじ》かれた男を抱き留め、よろけた。

周藤は勢いをつけ、強烈な前蹴りを放った。

弾かれた男の鳩尾《みぞおち》に靴底《くつぞこ》が食い込む。蹴りの衝撃を受けた二人の男は後退《あとずさ》りし、さらに後ろの男に背中から倒れ込んだ。

三人の男が絡まり、リビングのドアにぶつかる。ドアの蝶番《ちょうつがい》が飛び、男たちが丸まって転がる。

しかし、リビングから声は上がらない。

周藤は部屋へ踏み込もうとした。と、左眼の端に光が飛び込んだ。とっさに顎を引く。

目の前をナイフが横切った。

周藤はバックステップを踏み、後ろへ飛び退《の》いた。

ナイフを持った男が廊下に出てきた。顔の少し下にナイフを立て、背を丸めて半身に構える。

周藤も手のひらを広げて顔の前に立て、左半身に構えた。

男の上半身をぼんやりと見つめる。

多少、暴力慣れをしている男でも、ナイフを構えると高揚して、両肩が上下するものだ。が、男は半身に構えたまま、微動だにしない。

隙がない。

呼吸も落ち着いているようで、肩がまったく揺《ゆ》れない。

静かに、しかし殺気を漲《みなぎ》らせ、周藤を見据える。

あきらかに素人《しろうと》ではない。

自分たちと似たニオイを感じるが、何かが少し違う。

この雰囲気、どこかで……。

わずかに相手への意識が薄れた。瞬間、男が動いた。

廊下を滑るような摺《す》り足で周藤に迫《せま》り、ナイフを突き出す。

周藤は後退した。切っ先は顔のはるか前で停まった。

と思ったら、男は右脚を大きく踏み込んだ。フェンシングの要領で鋭くナイフを突き出す。

左掌で男の右前腕を払う。ナイフが周藤の胸元をよぎる。

男の顔が真下にある。周藤は右掌底を打ち下ろした。

瞬間、男はしゃがみ込んだ。周藤の掌底が空《くう》を切る。

男はナイフを持った右手を外へ振り、周藤の脛《すね》を切りつけようとした。

周藤は飛び上がった。男の顔面を蹴《け》ろうとする。

男は立ち上がりざま、ナイフを振り上げた。

周藤は男の背中を踏んで蹴り、前方へ転がった。体《たい》が入れ代わる。

男がナイフを投げてきた。

気配だけを感じてしゃがみ込む。そのまま前に飛んで転がり、リビングへ入った。

左右から、スーツの男が攻めてきた。向かって左奥のデスクに、高羽の姿も見える。

右の男が懐《ふところ》に手を入れた。黒い塊《かたまり》が見える。

周藤は男が手を入れた左胸に向け、足刀《そくとう》蹴りを放った。男の胸元に当たり、手を入れたまま後方によろける。

左から攻めてきた男が何かを振り下ろした。ギラリと光る。

日本刀だ。

間に合うか！

とっさに顔を両腕でガードし、刀を避けて屈《かが》み込む。

と、窓が開いた。窓際を固めていたスーツの男たちの隙間を掻《か》い潜《くぐ》り、よぎった影が周藤の前に躍《おど》り出る。

キンと金属音が響いた。

「何、一人で暴れてんだよ」

神馬だった。ナイフで男の日本刀を受け止めている。

神馬は男の股間を蹴り上げた。男は少し飛び上がり、股《また》をすぼめ、腰を落とした。ナイフを首筋に当てる。

「殺すな」

周藤が言う。

「しょうがねえな」

神馬は男の左手の甲に、ナイフを持った右手の腹の部分を添えた。左手のひらを男の右手に添え、男の腕を交差させてねじりながら半回転する。

男は前のめりに倒れていく。ねじれた手から刀の柄《つか》がするりと抜け、神馬の手に収まる。

神馬は左手で持った刀を返し、峰《みね》で男の首筋を打ちつけた。

男の顔面が床に叩きつけられた。周藤の足下で目を剝《む》き、口から血を流す。

「あーあ、おまえら。おれに刀を持たせちまったな」

神馬は峰を左肩に載せた。

「おまえら全員、死ぬぞ？」

にやりとする。

高羽や男たちの顔が引きつった。

周藤に蹴られた男が銃を抜こうとする。神馬が右手に持ったナイフを投げた。回転したナイフが男の腕に刺さる。

周藤は頬に掌底を入れ、男の懐から銃を抜き出した。

自動拳銃で短いサプレッサーがついている。何気なくグリップを見た。

とたん、周藤の表情が険《けわ》しくなった。

「おまえら、アントか？」

周藤が声に出した瞬間、室内の殺気がさらに一段と高まった。

窓際にいた三人の男が一斉に懐に手を入れた。

周藤は右端の男の胸元を撃《う》った。神馬が腕を振り、刀が左端の男の肩を貫《つらぬ》く。

真ん中の男が銃を抜いた。

神馬は刀を引き抜いた。男の腕を狙って振り上げる。が、銃口は神馬の方を向いていた。引き金にかかった指が動く。

周藤も男を狙ったが、その前に発砲音が轟《とどろ》いた。

わずかに遅れて、周藤の銃が火を噴いた。弾丸が頭部を撃ち抜く。同時に、神馬の刃が男の右腕を斬り飛ばした。

銃を握った前腕が血の弧《こ》を描いて宙を舞う。後頭部が弾け飛んだ男は、そのまま前のめりに倒れて沈んだ。

「大丈夫か？」

「狙いはおれじゃねえ」

後ろを振り返る。

椅子に座っていた高羽が眉間《みけん》を撃ち抜かれて、絶命していた。

「銃口は高羽に向いてた。こいつら、高羽の護衛じゃなくて、監視役だったんじゃねえの？」

倒れた男たちに視線を向ける。

「どちらも担《にな》っていたとも考えられる」

周藤は廊下の方を見た。

倒れていたはずの男たちがいなくなっている。

銃口を起こして、廊下に出る。玄関のドアが閉まっている。

シュッと音がした。

「ファルコン！　マイトだ！」

神馬の声が聞こえた。

周藤は玄関に向けて走った。ドアが開いているかわからない。

右のドアを見た。開ける。浴室だった。

周藤は浴室のドアを開け、浴槽に飛び込んだ。頭を抱えて、空《から》の浴槽の底で丸くなる。

まもなく、凄《すさ》まじい爆発が起こった。建物が揺らぐ。机や椅子や棚が砕《くだ》け、壁を突き破る。

衝撃波で窓ガラスが吹き飛び、炎が噴き上がる。

周藤が入った浴槽に瓦礫《がれき》が刺さる。壁の一部が崩れ、頭に振ってくる。

周藤は爆発が収まったのを確認して浴槽を出た。頭を打ってふらつくが、留まっている暇はない。

玄関ドアは爆風で吹き飛んでいた。

廊下に飛び出した周藤は、走って階段を駆《か》け下りた。

マンションの玄関を出ようとした時、再び爆発が起こった。

鳴動《めいどう》に、思わず身が竦《すく》む。

周藤は急いで武蔵境通に出た。

瓦礫を浴び、倒れている人がいた。行き交《か》っていた車も停まっている。近くの消防署員と病院関係者も駆けつけていた。

男性看護師が周藤を見て、駆け寄る。

「大丈夫ですか！」

「俺は大丈夫」

「頭から血が出てますよ！」

言われ、初めて自分の頭部から出血していることに気づいた。

「大丈夫です。もっとひどい人があちらに」

適当に指をさす。

「病院へ入ってください！」

看護師は言うと、周藤の指《さ》した方向に走っていった。

入れ替わりに、神馬が姿を見せた。

「ファルコン！」

駆け寄ってくる。

「無事だったか」

「窓から飛び降りた。隣が更地で助かった」

そう言う神馬の左腕の袖《そで》は裂《さ》け、指先にまで血が滴《したた》っていた。

「ともかく、この場を離れるぞ」

周藤は駐車場に走った。神馬も続く。

現場は喧騒《けんそう》を増していた。

周藤と神馬は車に乗り込んだ。

「サーバル、チェリーに連絡しろ。Ｄ１、Ｄ２共にターゲットの拉致は中止しろと」

周藤は命じ、車のエンジンをかけ、混乱に乗じて現場から遠ざかった。

2

栗島と凜子は、羽根木公園の周回路沿いにある時間貸し駐車場に車を停め、散歩客を装って、関内科の近くをうろついていた。

公園に人は多い。院内へ侵入するには、一瞬の隙を狙う必要がある。

栗島は腕時計を見た。午後四時になろうというところだ。

「リヴ、あと三十分で午後の診療が始まりますよ」

栗島は売店前のベンチに腰掛け、医院を一瞥《いちべつ》した。

「そろそろ踏み込まないとまずいわね」

凜子は人の流れを見やった。

小学生の野球チームが練習試合を終えて帰るところだった。関内科に近い場所にある自転車置き場は、ユニフォームを着た小学生や保護者でごった返していた。

「行こっか」

手に持っていた缶コーヒーを飲み干す。

「今ですか！　人が多すぎますよ！」

栗島が目を丸くする。

「多すぎると、目撃されても証言はあやふやになる。まして、子供の証言はあてにならない。誰か一人が間違ったことを言えば、そっちに引っ張られるから。無駄に時間をかけるより、ここは勝負した方がいいわ」

「大丈夫ですかねえ……」

「私は行くから、ここで待っていてもいいわよ」

　立ち上がる。

「一人は危険です。僕も行きます」

　栗島はため息交《ま》じりに立ち上がった。

　凜子は空になった缶を自動販売機横のダストボックスに捨て、普通に歩いて関医院に向かう。

　栗島も何気《なにげ》ない仕草《しぐさ》で、凜子に続いた。

　医院の玄関ドアの前まで来る。

「私が診療時間を確かめるふりをしてるから、その隙にちゃちゃちゃっと開けて」

「ちゃちゃっとって……」

「急いで」

「わかりました」

　栗島はドアの鍵穴《かぎあな》を覗《のぞ》いた。ありふれたシリンダー錠だ。バッグからピッキングツールを出した。

周りを見回し、凜子の陰に隠れてしゃがむ。すばやく細い金属を二本入れてピンを撥《は》ね上げ、錠を合わせていく。

一分もかからず、鍵が回り、ロックが外れた。

「開きましたよ」

「そう」

凜子は微笑み、自分の家にでも入るようにドアを開いて中へ入った。

栗島も周りに素早く目を配って、サッと中へ入った。

まだ、受付の看護師は戻ってきていない。待合室はしんとしていた。

栗島は大きく息をついた。

「入るなら入るって言ってください」

「見ればわかるじゃない。鍵、閉めといてね」

「出ないつもりですか?」

「他の人が入ってきちゃ困るでしょ?」

「ああ、そうですね」

栗島があわてて鍵を閉める。

「ここ、住宅と一体になってたはずよね?」

凜子が訊く。栗島は事前に調べていた院内図を思い浮かべた。

「見取り図ではそうなってました。奥が住居です」

「住居の方にいるかもしれないわね。行ってみましょう」

凜子はすいすいと歩く。

「ちょっと待ってください、リヴ」

栗島はあわてて追おうとした。

と、スマートフォンが震えた。バッグのポケットからスマホを取り出す。

凜子のスマホも同時に震えていた。二人は立ち止まって、スマホを見た。

「緊急連絡です」

栗島が言う。

凜子は送られてきたメッセージを見た。栗島も同じものを読んでいる。

「拉致は中止とのことですよ」

栗島は凜子を見た。

「そうみたいね」

スマホを上着の横ポケットにしまう。

「戻りましょう」

栗島が玄関の方を向いた。

が、凜子は奥へ進みだした。

「リヴ！」

「ここまで来ちゃったからね。少し調べて撤収してもいいんじゃない？」

「ダメです。出ましょう」

追いかけて、袖をつかもうとする。

その時、栗島の腕にぞわっと鳥肌が立った。凜子の目つきも鋭くなる。

「いるよ」

凜子が身構える。

「いますね」

栗島はバッグのサイドポケットに手を入れた。スマホで緊急信号を出す。

そして、その奥にある銃を握った。取り出して凜子に差し出す。凜子は周囲を見回しながら銃を受け取った。

栗島はもう一丁の銃をバッグの中で握り締めた。

待合室の方で音がした。同時に、住居があるはずの奥の方からも音がする。足音だ。複数……十人近くの気配がする。

「多いですね」

「ほんと、やになっちゃう。何発あるの？」

「十四プラス一なので、十五。二人で三十発です」

「そう。あまり無駄遣いできないね」

「替えのマガジンはありますけど、交換してる暇はなさそうです」

「そうね。二発ずつで仕留めましょう」

凛子が銃を起こし、奥の方を向いた。

背中合わせに、栗島が待合室の方に銃口を向けた。

奥の方からスーツを着た男が現われた。一人、二人……五人の男だ。待合室からもスーツの男が五人、姿を見せた。

みな、手にはサプレッサー付きの銃を握っていた。

奥から出てきた男たちの真ん中にいたオールバックの中年男が口を開いた。

「やめておけ。おまえたちを蜂《はち》の巣にしたくはない」

男が言うと、スーツの男たちは銃口を上げた。

栗島と凛子に照準が向けられる。銃把《じゅうは》の下に左手を添え、肘《ひじ》をまっすぐ伸ばしていた。

銃の扱いに慣れた連中であることは一目でわかった。

「君はＤ１の情報班員リヴ。そっちの丸坊主は工作班のポンだな？」

「ずいぶん詳しいのね。あなたたち、何者？」

驚きを隠し、リヴは男を睨《にら》んだ。

「その答えはじきにわかる。おとなしく、我々に従ってくれないか?」

「どうする気?」

「君たちを拘束する。素直に従ってくれれば、殺しはしない。まずは、その銃を置いてくれ」

男が言う。

周りの男たちの引き金にかかった人差し指がかすかに動く。

「わかったわ。ポン、銃を置いて」

「でも……」

「この人たち、逆らったら私たちを本気で殺すみたい」

凛子が笑みを浮かべる。

「暴発なんかして大きな音が出ると、びっくりして撃たれるかもしれないから、そっとね」

凛子は左手を上げ、ゆっくりと屈んでいく。

栗島も凛子に倣《なら》って、そろそろと膝を曲げる。

二人の動きに従って、男たちの銃口も下に向く。

凛子が足下に銃を置き、手を離した。栗島も銃を置いて、ショルダーバッグの紐も肩から落とし、バッグごと床に置く。

二人は両手を上げ、ゆっくりと立ち上がった。銃口は二人の動きを追って、水平に戻った。

男がにやりとする。

「それでいい」

男たちの空気が一瞬和《やわ》らぐ。何かするなら、しゃがんで銃を放す手前だと思っていたようだ。

その機を逃さなかった。

栗島がバッグを踏んだ。凛子と栗島は耳を塞いでしゃがんだ。

銃口が二人を追おうとした。その時、バッグが中から弾け、凄まじい音が響いた。ジェットエンジンが空気を引き裂くような音だ。肌がびりびりと痺《しび》れるほどの爆音だった。

男たちが耳を塞ごうとした。が、あまりの音に耳管《じかん》を揺さぶられ、ふらつき、手に持っていた銃を落とした。中には両膝から頽《くずお》れた者もいる。

爆発と同時にバッグが燃え始める。炎と共に白い煙も上がり、室内の視界がたちまち悪化する。

栗島と凛子は耳を塞ぎ、低い体勢のまま、玄関へ走った。

男たちが何かを叫んでいる。が、バッグから放たれる音で聞こえない。

銃声すらかき消される爆音だ。

逃げている最中に放たれた弾丸が、凜子の右前腕を掠《かす》めた。

しかし、凜子は痛みにも気づかず、玄関まで走った。

栗島が玄関ドアにぶち当たった。ドアが勢いよく左右に開く。

外では、帰宅しようとしていた小学生や保護者が耳を塞いでいる。公園を散策していた人や管理事務所の人たちも、突然の爆音に耳を塞ぎ、うろたえていた。

周辺がパニックで混沌としている中、凜子と栗島は車に戻った。

運転席と助手席に乗り込む。両手で塞いだものの、凜子たちの耳もやられ、声が聞こえない。

栗島はすぐにエンジンをかけ、車を発進させた。

時間貸し駐車場のポールを折って飛び出し、周回路を下って、北沢警察署の方へ向かう。入れ違いに、通報を受けたパトカーが関内科の方へ向かう。

赤堤《あかつつみ》通から環七に出て南下し、五分ほどすると、ようやく耳が聞こえるようになってきた。

「大丈夫ですか？　右腕、撃たれました？」

栗島が凜子に声をかけた。

凜子は自分の右腕を見た。

「かすり傷よ。たいしたことないわ」

栗島を見て、微笑む。

「それにしても、凄まじい音だったわね」

凜子は大きく息をついた。

「スタングレネードと同じ原理で、百七十デシベルの音が出る細工を施《ほどこ》したものを使っていますから。けど、僕がそれを鞄《かばん》に仕込んでること、よく知ってましたね」

「ほら、こないだ、オフィスで休みの時に作ってた新しい武器の話をしていたでしょう？　その時、私が何を作っているのか訊《き》いたの、覚えてる？」

「ああ、そうでしたね。確かその時、スタングレネードのようなものを作ってると答えた記憶があります」

「それ。あの時、携帯しておけば、防犯ブザーのように使えるからと言っていたでしょう？　だから、ひょっとして持っているんじゃないかと思って」

「そうだったんですか。いや、よかったです。〝大きな音が出る〟と言われなかったら、僕、気づかなかったかもしれないです。ちょっとパニくってましたから」

「仕方ないわよ。十人の男に囲まれて、銃を向けられていたんだもの。ポンがこの音が出る武器を持ってなかったら、厳しかったかもしれない。ただ、防犯ブザー的に使うには、少々音が大きすぎるわね」

「すみません。改良しときます」

栗島が苦笑する。

「チェリーに連絡しといた方がいいかもしれませんね」

「私がやっとくわ」

凜子は車載タブレットを取って、智恵理に無事を知らせるメッセージを送った。

3

周藤は、警視庁の帽子を被り、ジャンパーを着て職員を装い、庁舎内部に潜入していた。

地下二階に降り、ボイラー管に身を隠して息を殺し、空調管理室を監視している。

部屋には、加地と若い職員二人がいた。

加地は若い職員にまったく相手にされず、一人奥のデスクに座り、所在《しょざい》なげにパソコンをいじっている。

午後五時ちょうど、室内の時計のアラームが鳴った。退庁時刻を報《しら》せるアラームのようだ。

若い職員二人はアラームと同時に立ち上がった。

「お疲れさんでーす」

「加地さん、あとよろしくお願いしまーす」

軽い口調で残りの雑務を加地に丸投げし、足取り軽く管理室を出ていった。

エレベーターホールの方を見る。二人が乗り込み、ドアが閉まったのを確認すると、周藤は帽子と頭に巻いた包帯を取り、その場に投げ捨てた。

管理室へ向かう。

足音に気づいた加地が開けっ放しのドア口を見やった。

「おお、ファルコンか」

笑顔を見せる。

周藤は歩み寄ると、いきなり、加地の胸ぐらをつかんで立たせた。そのまま壁に背中を押しつける。

加地は息を詰めた。

「なんなんだ?」

周藤を睨む。

「どういうことだ?」

周藤は睨み返した。

「何の話だ?」

加地は戸惑った様子を覗かせた。

周藤は片手を腰に回して、銃を抜き出した。サプレッサーの先端を加地の頬に押し当てる。

加地の顔が引きつった。

周藤は加地を椅子に座らせ、銃をデスクに叩きつけるように置いた。

「こいつで殺されそうになった」

手を離す。

加地は銃を手に取った。途端、眉間に険しい縦じわが浮かんだ。

「これは……」

「短く切った銃身にサプレッサーを付けたポイント二五の小型銃。アントの銃だろ？」

周藤は椅子の背に膝頭を当て、押した。

加地の腹をデスクと椅子で挟み込み、動けなくする。

「黒幕はあんたか？」

「D3の件もか？　そんなわけないだろう。いい加減なことを言うもんじゃない」

加地の声のトーンが低くなる。

周藤は椅子の背を強く押した。加地が息を詰まらせた。

「この銃がすべてだ」

「知らん。私にはどういうことだかわからん」

周藤はさらに椅子の背を押し込んだ。

加地の相貌が歪む。周藤はしばらく、加地の腹を圧迫したが、ふっと力を抜いた。膝を離す。

加地は椅子を引いて、天板に両肘を置いて大きく呼吸をした。ゆっくりと上体を起こし、回転して振り返る。

「無茶してくれるな」

加地は笑みを滲ませた。

「すみません」

周藤は若い職員たちが座っていたテーブルの天板に浅く腰かけた。

「疑いは晴れたのか？」

「少なくとも、加地さんが今回の件について知らないというのは本当のようですね」

周藤は加地を痛めつけながら、その表情や動作を見つめていた。

加地は戸惑いは覗かせたものの、狼狽している様子は見せなかった。言葉を発するときも、考えて絞り出した様子はなかった。

人間は、嘘を吐《つ》こうとするとき、必ず、相手に対する返答がわずかに遅れる。相手が納得する答えを出そうと思考するからだ。

ほんの一秒にも満たない間《ま》だ。熟考するわけでもない。相手に悟られないようにと急いでも、この間は必ず生じる。

注意深く聞いていると、その間に違和感を覚える。そして、思考の間がある言葉には、必ず虚偽が潜んでいる。

加地の返答に、その違和感はなかった。

目の動き、顔の各所の動きにも、嘘は見て取れなかった。

「いつどこでやられた？」

加地が訊く。

「数時間前、高羽の事務所に乗り込んだところで、俺とサーバルが狙われました」

「ターゲットのところに乗り込んだのか？」

「ええ。クラウンたちのこともあったので、ターゲットを直接尋問しようと思いましてね。二課と協働して、関係者全員をさらうつもりでした。しかし、俺たちが狙われたので、即中止しました。連絡が間に合わず、リヴとポンも関の病院で襲われましたが」

「二人は？」

「無事、脱出しました。アントに疑いがあったので、俺の方から現場処理は要請しませんでした。ところが、二課からの連絡で、俺たちが襲われた各所はすでに処理がなされていると」

「聞いてないぞ」

「敵がアントとなると、内部に虫がいると考えざるを得ませんからね」

周藤は言う。その目は鋭い。

「知らなかったとはいえ、すまなかった」

加地が頭を下げる。

「加地さん、アント内の反乱分子に心当たりはないですか？」

訊いた。

加地は腕組みをし、首をひねった。天井を睨み、あれこれ思い返しているようだ。

「思い当たる節《ふし》はない」

「ということは、加地さんにも気づかれることなく、誰かが動いているということですね」

「そうなるな……」

周藤の脳裏《のうり》にある女の顔が浮かんだ。

最悪の事態を想定し、思わず組んだ腕に力がこもる。

「結月《ゆづき》に。長井《ながい》結月に接触している者はいませんか？」

周藤が唐突に訊いた。

「おいおい。彼女が何かしていると疑っているのか？」

加地が目を丸くする。

長井結月は、以前、特殊遺伝子プロジェクトの闇取引に関わっていた女だった。

当初、D1の処分対象とされていたが、高いIQを備え、裏社会に精通していることを考慮され、アント本部で拘束、管理されることとなった特殊過ぎるターゲットだった。

「アントを使い、暗殺部自体を狙う。彼女なら、そんな突拍子《とっぴょうし》もないことを考え、実行したとしても不思議ではありません」

「ちょっと待て。長井結月に関しては、君の指摘もあって、誰も取り込まれないよう二週間に一度は監視員を替え、外部へのアナログ通信も絶つよう、電源管理も専用の配線に切り替えた。食事も紙皿や紙コップを使って、手で食べられる物に限定している。穴はないはずだ」

「加地さん自身が日々管理しているのですか？」

「いや、私は指示しているだけだ。アント全体の管理や第三会議との調整など、いろいろと仕事があるからな」

「主に管理しているのは誰です？」

「課長補佐の篠原《しのはら》に任せてある。彼がチームを作り、監視員の選定やルーティンなどを決定している」

「三課が襲われた日の一ヶ月前からの監視員のリスト、監視カメラの映像、篠原という課長補佐の個人データを揃えてもらえませんか」

「待て。本気で長井結月の仕業《しわざ》だと？」

　加地は表情を曇らせた。

「その銃で襲われました。アントは最後に高羽を殺して、現場を強引に爆破処理した。疑わない理由こそないでしょう。加地さんが協力できないというなら、俺たちの方法で調べさせてもらいますよ。アントと全面戦争することになっても」

　まっすぐ見つめる。

　加地は大きくため息を吐いた。

「私も君たちと争うつもりはない。わかった、揃えよう。受け渡しは？」

「俺の携帯に直接連絡をください」

「チェリーでなくていいのか？」

「オフィスは一時撤収しました。二課も同じくです」

「潜伏したのか」

「身内が信じられない状況になりましたからね」

「そうだな……」

　加地はデスクにある銃を見やった。

「ミスターDはもちろん、ツーフェイスにも報告はしないでください。なんらかの形で情報が漏れたと判明した場合、我々は二課と共闘し、アントも含め第三会議の殲滅《せんめつ》を遂行します」

「物騒《ぶっそう》だが、本気のようだな。明日まで待ってくれ。用意する」

「お願いします」

周藤は加地を見つめた。

4

D1メンバーの潜伏先は、智恵理が用意した相模湖畔《さがみこはん》のグランピングができる宿泊施設だった。

新型コロナウイルスによる緊急事態宣言が明け、客が増えてきたとはいうものの、まだまだ人出は少なく、簡単に予約は取れた。

智恵理は、グランピング用の大型テントを三つ借りた。一つは女性陣の部屋、もう一つは男性陣の部屋、残りの一つは会合に使う部屋にした。

名の知れたIT企業の社員を名乗っている。ノートパソコンを片手に歩いていれば、ワーケーションをしている会社員たちに見えて、違和感がないからだ。

神馬も、いつものパンクロッカーのような格好ではなく、髪も下ろし、ジャケットに身を包んでいた。

凜子と栗島はジーンズにジャケットというラフな格好をしている。

「でも、これがキャンプ場だなんて、すごいわねー」

リヴがローソファーに腰かけて、天井を見上げる。

天井には、中心の高い柱から四方に横柱が伸びていて、その上に天幕がかけられている。

モンゴルの遊牧民が使うゲルを模《も》したようなテントだ。

床には絨毯《じゅうたん》が敷かれ、クッションやソファー、ローテーブルが置かれている。小さな冷蔵庫やテレビまである。

「もはや、キャンプじゃないですね、これは」

栗島が苦笑する。

「快適ならなんでもいいのよ」

智恵理が笑った。

なんとなく、誰もが空気を和ませようとしている中、神馬だけが大きいビーズクッションに深く座り、両肘を張って、険しい表情を覗かせていた。

「コーヒーでも飲む？」

智恵理が立とうとする。

と、神馬がスッと立ち上がった。

「どこに行くの？」

智恵理が訊いた。

「周りを見てくる。落ち着かねえからよ」

そう言い、ノートパソコン用のケースを持って部屋を出た。ケースの中にはナイフが数本入っている。

「その物騒《ぶっそう》なの、振り回さないでね」

智恵理が背中に言うが、神馬は返事もせず歩いていった。

「僕が淹《い》れますよ」

栗島が立ち上がって、部屋の隅にあるコーヒーメーカーに歩み寄る。

智恵理はため息を吐いて座った。クッションを取って、太腿に載せる。

「仕方ないわよ。私だって、グランピングを楽しむ気分じゃないもの」

凜子が微笑んで見せた。

栗島がコーヒーを淹れたカップを三つ、トレーに載せて戻ってきた。

智恵理と凜子にそれぞれ手渡し、自分は二人の対面に腰を下ろした。

智恵理はカップを両手で包み、少し啜《すす》った。こくりと飲み込んで、ひと息つく。

「二課からは連絡来てますか？」

栗島が智恵理に訊いた。

「ブルーアイとは連絡を取り合ってる。お互い、場所は秘密にしてるけどね」

「アントの件は伝えたの？」

凜子が訊く。

智恵理は凜子に顔を向けた。

「詳しいことはともかく、アントが動いているようだとは伝えました。二課も、その点は気になったようです」

話していると、神馬が戻ってきた。その後ろから、周藤が姿を見せた。

三人の視線が、周藤に向く。

「どうでした？」

智恵理が訊いた。

周藤は神馬と共に三人の元にやってきて、腰を下ろした。

「ベンジャーに情報を出すよう、要請した。明日にはデータが届く」

「ベンジャーが敵側だったら、どうすんだよ」

神馬が言う。

「その時は――」

周藤は一同を見回した。

「アントごと第三会議を殲滅する」

周藤の言葉に、一同の表情が険しくなった。

「組織に喧嘩《けんか》を売るわけね」

凜子が言う。

「売ってきたのはあっちだ。こちらは、それに応戦するだけ。だが、もしそうなれば、総力戦になる」

周藤が眉間に縦じわを寄せた。

空間の空気がピリッと尖る。

「今は、ここにいる仲間以外、信じるな。二課も同様。二課は敵でないと思いたいが、気を許して敵だったら、俺たちは全滅する。ポン」

「はい」

「迎撃用の武器を揃えろ。今ここにあるもので」

「わかりました」

栗島は立ち上がり、さっそく部屋の中にあるものを調べ始めた。

「サーバル。黒刀以外の刃物を揃えておけ」

「了解」

神馬も立ち上がり、部屋を出た。

「ファルコン。事態はそこまでひっ迫しているの?」

凛子が訊く。

「おそらくだが、ベンジャーは敵ではない。しかし、アント内に敵がいることは間違いない。状況を把握するまでは、最高度の警戒をしておくべきと判断した」

「なるほど。じゃあ、私は周辺の警戒にあたるわね」

凛子は髪をふわっと掻き上げ、ゆっくりと部屋から出ていった。

「チェリー、ブルーアイから何か報告は来ているか？」

周藤に問われ、智恵理はノートパソコンを開いて、プライベートの通信アドレスにアクセスした。

「……いえ、まだ何も」

「一応、打診《だしん》しておけ。アントを頼るな、と」

「それだけでいいんですか？」

「アント内で起こっていることを正確に把握するには、ベンジャーからのデータを待つしかない。今は、警告だけでいい」

「わかりました」

智恵理はブルーアイへのメッセージを打ち始めた。

周藤は各人の動きを厳しい目で見つめていた。

5

加地は、中野にある警察病院の地下に着いた。ここが暗殺部処理課、通称アントの本部だ。

監視ルームに足を運ぶ。

「課長、どうしました?」

監視ルームを統括している職員が、加地を認め、訊いてきた。

「すまんが、今から二カ月前までの監視データをＨＤＤにコピーしてくれないか?」

加地が言う。

「何かありましたか?」

「いや、チェックしたいことがあるので、確認のためだ」

周藤の言葉は、にわかには信じがたい。一方で、もし周藤の推測が確かなら、今回の事案を引き起こした者は、処理課の内部にいるということになる。

それは、アントの責任者として、見逃してはならない重大な事態でもある。

「承知しました」

部下が作業を始める。

空のＨＤＤに録画データをコピーしていく。それを確かめ、加地は言った。

「コピーが終わったら、私の部屋まで持ってきてくれ」

部下の返事を聞き、加地は監視ルームを出た。

蟻の巣状になっている迷路の東端に課長室がある。ここにはめったに足を運ばない。

虹彩《こうさい》認識機能の付いたカメラに顔を向ける。壁と一体になっていたドアがスッと横に開いた。

中には、十のモニターが壁に居並んでいた。結月や他の拘束者が入っている部屋の様子がモニターに映し出されている。

加地はデスクのパソコンを起動した。篠原についてのデータを表示する。

顔写真入りデータが画面に現われた。

篠原潤也《じゅんや》は五十七歳。加地と同世代だ。白髪混じりの頭髪をバックに流して整えた、眉が濃く目鼻立ちがくっきりとした一昔前のロマンスグレーの紳士といった面立ちだ。組対部、公安、捜査一課などを渡り歩いたエリートでもある。

そのままいけば、ノンキャリアでも署長クラスにはなるであろうと言われていた叩き上げ期待の星だった。

ところが、彼が五十歳の時、たった一度、ミスを犯した。

それは、外国人による立てこもり事案だった。

上層部や所轄がネゴシエーターによる説得を推奨する中、篠原は早期解決のため、特殊急襲部隊《SAT》を投入すべきだと主張した。

状況は切迫していて、どちらの主張も正しかった。

上層部が結論を出せない中、篠原は自分の責任でSATを投入した。

だが、突入作戦を強行したことで、人質となっていた母と娘が、犯人に刺殺された。

後の検証で、犯人はSATが入る前に、すでに母子を殺していたのだが、警察の失態という報道が出回ったせいで、篠原は責任を問われ、左遷《させん》された。

閑職《かんしょく》に甘んじ、辞職を考えていた篠原に声をかけたのは、第三会議だった。

篠原は能力がありながらも、たった一つのミスで第一線から排除された。

裏方の仕事をさせるのに、篠原は都合のいい人材だった。

篠原は第三会議の申し出を受けた。

以来、加地の下で組織の切り盛りに尽力《じんりょく》してくれていた。

加地も、篠原を認めていた。

判断の的確性、迅速な指示、トラブルが起こったときの対処などは、他の追随《ついずい》を許さないほどの能力を有する。

篠原に一目《いちもく》置いているのは、すべての事案に対し、私情を一切挟まないところだ。

アントの仕事は成功して当たり前。わずかでもミスをすれば、暗殺部だけでなく、第三会議からも叱責《しっせき》を受ける。

場面によっては、予定通り、処理を済ませられないこともある。だが、それは認められない。

理不尽《りふじん》といえば理不尽だ。

一方で、アントのミスは、暗殺部のメンバーの生死を分けるものになることもあるし、第三会議の存在を脅かすことにもなり得る。

誰からも感謝されない完全裏方に徹する職員たちには思うところもあるだろう。が、それが影の存在として生きるアントの職員として、与えられた定めでもあるので、甘受してもらうしかない。

篠原が、そうしたアントの宿命について、愚痴《ぐち》を漏らしたことはない。また、部下からもそうした報告が上がってきたことはない。

篠原は、どちらかといえば、向上心のある方だが、とはいえ、組織の規律を乱してまで、何かを得ようとする野心のようなものを、彼から感じたこともない。

加地は、篠原のデータをダウンロードするためのUSBメモリーを差した。

しかし、ダウンロードを命令するエンターキーを叩くことには躊躇した。

加地自身は、篠原に何の疑いも持っていない。おそらくは、周藤の杞憂《きゆう》だと思っている。

だが、周藤たち暗殺部のメンバーからすれば、篠原だけでなく、加地や瀬田、菊沢までもが疑念の対象であることも理解できる。

任せよう――。

エンターキーを叩く。

篠原のデータがＵＳＢメモリーにコピーされていく。

加地が画面を見つめていると、不意に気配を感じた。

振り向くと、篠原が立っていた。

「なんだ？　どうやって入ってきた？」

加地は座ったまま下から睨んだ。

ここは責任者である加地しか入れないはずの場所だ。

「すみません。課長が留守の時、不測の事態が起こっても対処できなければと、私も入れるようにしておきました」

篠原が答える。

「私はそんな指示はしていないぞ。勝手な真似をされては困るな」

「それは私のセリフです。課長、そのデータをどうなさるおつもりで？」

画面に目を向ける。

加地はとっさにモニターの電源を切った。

「君が知る必要のないことだ」

「私自身のことでもですか？　処理課、いえ、暗殺部には個人のプライバシーはないということですね？」

篠原が言う。

「確かに、暗殺部は秘匿《ひとく》の組織ではありますが、私は常々《つねづね》、思っていました。私たちの苦労が報《むく》われていないと」

「何を言っているんだ？」

「課長も感じていませんか？　我々は暗殺部をサポートする立場ではありますが、執行メンバーや第三会議の調査員ほど、立場が守られていません。今、課長が私の個人データを持ち出そうとしていますが、そのようなことは決して許されないはずです。同じ秘密を共有する者でありながら、この違いは何なのでしょうか？」

「裏方とはそういうものだ。君も納得して、処理課へ来たのではないか？」

「ええ、最初は。しかし、あまりに違う立場、扱いに、職員の一部に不満が溜まっています。そのことにお気づきになられませんでしたか？　我々アントの長でありながら」

「組織の一員である限り、個々に制約はあり不満は呑み込むのが当たり前だろう」

加地が睨む。

「旧態依然とした考えではそうなります。しかし、時代は変遷します。その時々に応じた対応が必要なはずです」

「何が言いたいんだ、君は？」

「アントの解放」

篠原は加地を見据えた。

「我々にも、対等な権利を与えてもらいたい」

篠原の目は、加地にまっすぐ向いていた。

それは信念に基づいたものでありながら、信念というものを妄信している狂信者の目つきだった。

「おまえか……。D3を壊滅させたのは」

「私ではありません。あなた方が放置した、アントの嘆《なげ》きです」

篠原が右手を挙げた。

ドア口からぞろぞろと職員が入ってきた。顔を見知った者も多いが、全員が加地に敵意を向けていた。

「どうしたいんだ、おまえたち。叛乱《はんらん》を起こしたところで、アントが裏方であることは変わらん。それに、この事実が知られれば、第三会議とD1、D2がおまえたちを潰しに来る。彼らには敵《かな》わんぞ」

「体制側のあなたにはわからないでしょうけれど、一つ、あなた方が忘れていることがある」

　篠原は加地を静かに見下ろした。

「我々は処理のプロです」

　篠原が首を振った。

　と、篠原の両脇からワイヤーのようなものが飛んできた。加地の脇腹に尖端《せんたん》が食い込む。

　途端、体が痺《しび》れた。

　加地は目を剥《む》いた。

「テーザーガンか」

　声が震える。

　二つの電極を圧縮空気で発射し、離れた敵に電気ショックを与えるスタンガンの改良モデルだ。

　グレネードランチャーにセットすれば、射程は六十メートルにも及び、五万ボルトの電流で人体にショックを与え、殺すことなく敵をノックアウトする。

「殺す気はありません。今はおとなしくしておいてもらいたい。我々が目指す、暗殺部の形を構築するまでは」

　篠原が指を立てた。

電流が強くなる。

加地の髪の毛が逆立った。目玉が飛び出しそうなほど双眸《そうぼう》を開き、ああああっと声が漏れる。

そしてまもなく、加地は意識を失い、椅子から崩れ落ちた。

「篠原さん、課長をどうします？」

右脇にいた男が加地に近づく。

「拘束して、この部屋に置いておけ。見張りは二人。食事は別の者に運ばせる」

「処分しなくて、大丈夫ですか？」

左にいた男が訊いた。

「殺す必要はない。変革した組織を見れば、我々が正しかったことに気づくだろう。しかし、気づかなければ――」

篠原は加地を見下ろした。

「処理する」

その視線は見たものを瞬時に凍りつかせるように冷たかった。

6

暗闇に長い間閉じ込められていたからか、伏木もレイも、わずかな明かりで周辺が見えるほど、夜目が利くようになっていた。

伏木は部屋の隅にいた。柱が出っ張っていて、角がある。そこに、後ろ手に縛《しば》られたプラスチックカフの結び目をこすりつけていた。

「あんたも、なかなかしぶといねえ」

床に伏せたレイが掠れた声で言う。

「あきらめが悪いんでね」

伏木は笑い、作業を続けた。

初めはどうにもこうにもな感じだったが、しつこくこすりつけていたからか、少し弛《ゆる》んできている。

手が自由になれば、脚のカフは外せる。

とにもかくにも、両手足が自由にならない限り、脱出するチャンスは皆無だ。

「それが外せたとして、逃げられると思う？」

レイが訊く。

「わからないけど、とりあえず、ここまでガチガチに拘束されてちゃ、チャンスもないだろ?　連中、水もメシも運んでこない。殺さないと言っていたけど、生かしておく気もない。このまま何もせず、のたれ死ぬのはごめんだなあ、俺は」

伏木は答えながら、腕を動かす。

コンクリートが削《けず》れて荒くなってきたからか、するすると滑るだけだったカフにひっかかりを覚えるようになっていた。

「ここから出られたら、どうするの?」

レイが訊いた。

「どうするって、一つしかないだろう?」

「敵を殲滅する気?」

「そりゃそうだ。ここまでやられたことはないからね。許すまじだよ。レイねえさんは、腹立ってないのかい?」

「腹は立ってる。でも、因果《いんが》なのかなとも思ってる」

レイはゆっくりと体を傾け、仰向《あおむ》けになって天井を見つめた。

「私たち、仕事とはいえ、いろんな人たちの命を奪《うば》ってきたわけじゃない。こうして薄暗い場所でみじめに餓死《がし》するのも運命といえば運命。腹は立つけど、これ以上、体も動かない。運命なら受け入れてもいいのかなって」

「それも一つの選択だね」

伏木はこすりつける腕に力を入れた。両手首の間が開いてきている。

「でも、俺は、そんなみじめな運命は――」

体重をかけて身体ごと腕を激しく上下に動かす。コンクリートが削れるとともに、プラスチックカフにも切れ目が入るのがわかる。

「お断わりする！」

伏木は言い放つ。

ぶつっと音がした。両腕が解放され、左右に跳ねた。柱の角に背中を打ちつけ、息を詰める。

大きく息をついた。背筋を何度か伸ばし、手首や腕をさすって揉む。

手首に残ったカフの切れ端も外す。手首には血が滲む赤い筋が残っていた。

伏木は腰のベルトを外した。バックルのピンの先を足首を縛《しば》るプラスチックカフの爪に差し込んで開き、引っ張る。スルッとバンドが抜けた。

「外れたの⁉」

レイが顔を起こす。

「何事もやってみないとわからないもんだね」

伏木はレイの脇に歩み寄り、座った。

レイのプラスチックカフも、ピンの先端を差し込んでバンドを抜く。レイの両手足が解放された。

レイは両手脚を伸ばして、大の字になり、大きく深呼吸した。

「すごいね、あんた」

「別に、プラスチックカフだから切れるかなと思って試しただけだよ」

「違う違う。あきらめないとこが」

レイはゆっくりと上体を起こした。

「私みたいに投げやりじゃない。それが、D1の強さなのかなあ」

「D2も強いでしょ」

「うちも弱くはない。けど、D1の強さは別格だと、噂《うわさ》に聞いてた。そんなはずないと思ってたんだけど、あんたたちに会ってみたらわかった。私たちとは、起点が違う」

「起点って、どういうことだい？」

伏木は訊いた。

特に、D2やレイの事情を知りたいわけではない。

話を続けることで、レイの五感を覚まさせたり、レイの息づかいや声の張りで体調を確かめたりしていた。

「私たちD2は、人生に絶望してこの世界に入ってきた者たちばかり。あんたたちも似たようなもんだと思うけど、たぶん違うのは、あんたたちは生きる場所を探しているのに対して、私たちは死に場所を探してるという点。D2のみんなは僧正も含めて、みな、自分の死に場所を求めてる。だから、危険な現場に踏み入れることは怖くない。でも、その破滅指向は時に暴走を生み出すの。サクッとターゲットを始末すれば済むだけの話なのに、つい、敵の殲滅を目指してしまう。後始末をするアントの人たちも大変よ。私たちは嫌われてる気がする」

自虐的な笑みを滲ませる。

「アントに好かれてる暗殺部員はいないでしょうよ。ただ、D2のことは知らないけど、D1に対するねえさんの分析は間違ってはいないと思う。うちの人間に、死にに行こうとしてる者はいない。みんな、生きることにしがみついてる」

伏木は笑った。

「なぜなの？」

レイが肘をついて、上体を少しだけ起こした。

「よくわからないんだけど。たぶん、うちのリーダーが元々警察官だからじゃないかなあ。俺らがこの仕事に入る時、リーダーは警察官として人の役に立つことをしようと、何度となく俺らに話した。こっちは当局の犬なんてごめんだったけど、ずっと説かれているうちに、それもいいのかなと思うようになったんだ。少なくとも、俺はね。警察官の誇りなんてのはないけど、なんとなく誰かの役に立ってる気はするんだ。D2はリーダーが僧侶だから、死にに行く感じがするのかな」

冗談を口にする。

「僧正に送られたら、漏れなく地獄行きだわ」

レイが笑う。だいぶ、感覚が戻ってきたようで、声がはっきりとしてきた。

伏木はもう一押しした。

「ともかく、俺は、いずれ死ぬにしても、もう一度くらいうまいもの食って、うまい酒飲んでから死にたいと思うけど。レイねえさん、うまいフランス料理屋を知ってるんだけど、一緒にどうだい？」

「お誘いかしら？」

「もちろん」

伏木が笑顔をレイに向ける。

「なら、断われないわね」

上体を完全に起こし、座った。

一つ伸びをして固まった関節をほぐしたり、体を揺らしたりする。

そしてもう一度大きく伸びをすると、立ち上がった。

屈伸をする。最初はふらつきながらゆっくりと膝の曲げ伸ばしをしていたが、回数を重ねるごとにぶれなくなった。

伏木も立ち上がり、手首を屈曲させたり、足首を回したりした。体全体が熱を帯《お》びてくる。

レイと伏木はシャドーを始めた。お互い少し離れ、パンチを出したり、蹴りを放ったりしている。鋭い呼吸音が部屋に響く。

伏木の肌が汗ばんできた頃、レイがシャドーをやめた。

伏木もウォーミングアップをやめ、レイに近づいた。

「さてと。いっちょ、やりますか」

声をかける。

「そうね」

レイはすうっと大きく息を吸い込んだ。

少し間をおいて、カッと目を開き、大声で叫ぶ。叫び声が室内に響き渡る。

伏木はドアの横に駆け寄った。壁に背をつけ、息をひそめる。

レイは室内中央で、二度三度と叫んだ。

「なんだよ……」

外で見張りをしていた男の声が伏木に聞こえた。

鍵を差し込む音がする。伏木は神経をドア口に集中した。

ロックが外れ、ドアレバーが下がった。そろそろとドアが開き、光が差し込む。伏木はわざと光を見て目を慣らした。

白んだ視界がすぐに戻ってくる。

「うるせえぞ、こら！」

男が怒鳴りながら入ってきた。一人だけだ。

男が伏木の前を過ぎた。

伏木は背後に回り込み、ドアを閉めた。男が驚き、足を止めて振り向こうとした。

伏木は手に持ったベルトを後ろから男の首に巻き付けた。首の後ろでクロスさせ、絞める。

レイが起き上がった。その影を見て、男が目を見開く。

レイは前蹴りを放った。男の鳩尾に爪先《つまさき》が食い込む。男が呻《うめ》き声を漏らした。

男の体が脱力する。伏木がベルトを放すと、男は両膝からすとんと崩れ落ち、ゆっくりと前のめりに倒れ、コンクリートの床に突っ伏した。

「お見事、ねえさん」

伏木が親指を立てる。

「あんたこそ」

レイは笑った。

伏木はしゃがんで、男の衣服のポケットをまさぐった。

「ねえさん、ナイフがあるよ」

男の腰からホルダーごと抜いて、投げ渡す。

「あんたは？」

「俺は、これがある」

男が持っていた鍵の束を取る。キーヘッドを手のひらに包み、ブレードの先端を指の間から出して握った。

「怖いねえ、そのメリケンサック」

レイがにやりとする。

レイは倒れた男の背中を蹴った。

男が息を詰めて、目を覚ます。

レイは男の脇に屈み、首筋にナイフの刃を押し付けた。

「ここはどこ？　外にあんたの仲間は何人いるの？」

男は顔をそらして押し黙る。

レイは刃を強く押し付けた。肉に刃が食い込む。

「今、ナイフを引いたら、頸動脈いっちゃうわね」

レイの声が少し笑っている。ほんのり滲んだ狂気に、男の双眸がひきつった。

「逃げられねえぞ……」

「あんたの感想は訊いてないの。教えなさいよ」

かすかにナイフを引く。ぷつっと皮膚が切れ、血の玉が浮かんだ。

「ここは地下の一室。仲間は至るところにいる。何人いるかはオレも知らねえ」

「何？　その中途半端《ちゆうとはんぱ》な答え」

さらに引こうとする。

「本当だ！　ここは迷路のようになってて、よくわからねえんだ！」

「ちょっと待て」

伏木が歩み寄り、脇に立って見下ろす。

「迷路って、どんな感じだ？」

「迷路は迷路だよ。トンネルみたいな通路がいくつもあって、その途中とか突き当たりに部屋があるんだ。オレは一週間前にここに連れてこられて、おまえらを見張ってろと言われただけだから」

「ここは、蟻の巣か」

伏木は思わずレイを見た。想定外の事態に驚きを隠せなかった。

レイも伏木を見上げ、うなずいた。

「おまえはどうやって、外に出るんだ？」

気を取り直して、伏木が訊《たず》ねる。

「オレ一人じゃ、出られねえ」

「一人で物も食わず、トイレも行かずで見張ってるわけじゃないだろう」

「出てまっすぐ行ったところに詰所《つめしょ》がある。そこにオレと同じように連れてこられたのが四人いる。みんな、出口がわからねえからそこにいるしかねえ」

「ごはんやトイレは？」

レイが訊いた。

「トイレは詰所の脇にある。メシは専用エレベーターで降りてくる」

「エレベーターはどのくらいの大きさ？」

「五人分、一度に運べるくらいだから、それなりに大きい」

「なるほど。だいたいわかったわ。ありがとうね」

ナイフを放して立ち上がったレイは、もう一度爪先を男の鳩尾に叩き込んだ。

男は息を詰め、また意識を失った。

「アントが敵。蟻の巣とはまいったねえ」

レイがため息をつく。

「でも、逃走経路はありそうだ」

「食事用のエレベーターね」

レイの言葉に、伏木は首肯した。

「見てみないとわからないけど、人ひとり入れるようなら上出来」

「そうね。行きましょ」

レイはナイフを、伏木は鍵の束を握りしめ、ドア口まで駆け寄る。

「大丈夫かい？」

伏木はレイを見た。

「残りは四人でしょ？　あんたと私で二人ずつ倒すだけ。楽勝だわ」

レイは言うと、先に部屋を飛び出た。

伏木も続く。

煌々《こうこう》と照る明かりをまともに浴びるのは久しぶりで、レイと伏木は目を細めた。十秒ほどで目が慣れてきて、視界が戻る。

半円形のコンクリートに囲まれたトンネル状の通路を進む。足音が壁に反響する。二人はなるべく音が響かないよう、すり足のような小走りで先へ進む。

左カーブのトンネルを曲がろうとしたところで、レイが足を止めた。壁に背をつける。

伏木も反対側の壁に背をつけた。

レイが先を指で差した。

伏木は少しだけ顔を出して、レイが指《さ》した場所を見た。

トンネルを塞ぐように壁が作られていて、ドアがある。おそらく、男が言っていた〝詰所〟だろう。

二人はそろそろとドア口に近づいた。ドアレバーをそっと倒して引いてみる。鍵がかかっている。

伏木は五本ある鍵を一本ずつ挿《さ》して回してみる。三本目でロックが外れた。鍵を抜いて、またブレードを指の間から出すように握る。

伏木はレイと目を合わせてうなずいた。レイがうなずき返す。

呼吸でカウントダウンし、伏木がドアを引き開けた。

突入する。男が四人いた。

椅子にだらしなく腰かけた男たちは、突然現われた伏木とレイを認め、面食らっていた。

伏木は左手前の男に向かって走った。男が腰を浮かせる。

鍵を握った右拳を振り下ろす。ブレードの先端が、男の左頰を抉《えぐ》った。

拳を振り抜く。

先端は男の頰の皮膚を裂き、肉を削った。絶叫と共に男の頰からおびただしい血が噴き出した。

膝を崩して傾く男の顔面に左膝を叩き込む。鼻が顔面にめり込んだ。

後ろの席にいた男が椅子を倒しながら後退した。

伏木は倒した男を飛び越え、後ろの男に右ストレートを放った。

男は顎を引いて、両腕を上げようとした。が、伏木のほうが速かった。

ブレードの先端が、男の眼球に突き刺さった。右腕を引くと、先端からぬめっとした血が糸を引いて垂れ落ちた。男は絶叫とともに床に膝をつく。

右側にいた男が伏木に迫った。伏木はまだ背を向けたままだ。気配を感じて、振り返った。

男はナイフを手にしていた。右腕を振り上げている。

そのまま振り下ろせば、伏木を切りつけることができる。

伏木は避けようとしない。

男は余裕ぶる伏木に怒りをあらわにし、向かってきた。

しかしそれは、伏木のトラップだった。

怒りのあまり、男は周りが見えていなかった。

ドアから入ってきた影が、ふっと男の後ろに迫った。影が握ったナイフの尖端が、スッと男の二の腕に入っていく。

男が目を見開き、動きを止めた。

「あんたみたいなのに刃物持たすと危ないわね。二度と使わないでね」

肉の中で刃をねじり、筋肉を切る。ぶつっと太い音がした。

絶叫が響き渡った。男の手からナイフが落ちる。レイがナイフを抜いた。男は右腕を押さえて、両膝を落とした。

「ねえさん、刃物の扱い、うまいねえ」

伏木が笑う。

「あんたのとこのサーバルにはかなわないけどね」

「ありゃ、バケモンだから」

伏木と共にレイも笑う。

「おまえら……。ナメんなよ！」

一人残った男が懐に手を入れた。

伏木の視線がレイの背後に向く。瞬間、レイは振り返り、ナイフを投げた。回転したナイフが、懐に入れようとした男の右手の甲に突き刺さる。

男はたまらず手を抜いた。拍子に、銃がこぼれた。あわてて拾おうとしゃがみ込む。

伏木が動いていた。男の脇に駆け寄り、左足で銃を踏む。

男が顔を上げた。右膝で顎を蹴り上げる。男は口から血を吐き散らし、尻餅《しりもち》をついて転がった。

伏木は銃を拾い上げた。銃口を向ける。

「おまえら、何もんだ？」

訊ねる。

男は答えない。

伏木は躊躇《ちゆうちよ》なく引き金を引いた。男の右太腿を撃ち抜く。血飛沫《ちしぶき》がパッと舞った。

男が短い悲鳴を放ち、太腿を両手で押さえ、震えた。

レイが屈んで、男の手から引き抜いたナイフで頬を叩きながら言う。

「早く答えたほうがいいわよ。この人、短気だから、すぐ撃っちゃうのよ。それとね。意外と下手《へた》だから、うっかりここに当たっちゃうかもよ」

男を仰向けにして、眉間をナイフの先でつつく。

男の顔がみるみる蒼ざめる。

「早く言えよ！」

伏木は苛立ったように声を荒らげ、引き金を引く。銃弾は男の左頬をかすめ、コンクリートにめり込んだ。

男は竦《すく》み上がった。

「こ……ここの非常勤職員だ」

「ことは？」

伏木が銃口を頭に向ける。

「この地下迷路の警備員だ！　ここが何なのかは知らない！」

「そんなはずないでしょう？」

レイは眉間にナイフの切っ先を刺した。

男は相貌《そうぼう》を歪《ゆが》めた。

「本当だ！　俺たちは、裏の求人サイトで高給の警備募集に応募しただけなんだ。一週間交替制で一年。目的も場所も聞かないというのが条件だ」

「場所を知らなくて、どうやってここへ来るのさ」

「目隠しされて、車に乗せられて、運ばれるんだよ。で、ここに着いたら、あんたが監禁されててさ。あとから、そっちの人も連れてこられて」

伏木をちらりと見やる。

「銃を渡された時は驚いたけど、はなからヤバい仕事だってのはわかってたし、たまに様子を見に行くだけで、メシもやんなくていいって言うし、あんたらはガチガチに縛られてるしよ」

「そんな無茶苦茶な仕事、あるわけないでしょう？　怖くなかった？」

レイがあきれて息をついた。

「ビビったけど、抜けられそうにねえし。あんたらが死んだら終わりだからと言われて――」

「それで、俺たちを痛めつけたっていうのか？」

伏木が男を睨む。

「そうしろと言われたんだ！」

男はあわてて叫んだ。

「誰にだ！」

「知らねえって！」

男が大声で言った。

同時に、伏木が銃を撃った。

男はびくんと身を強《こわ》ばらせた。あまりの恐怖に失禁しはじめた。

「本当なんだって……」

涙を流し、訴える。

「ちょっと、あんた。私にも当たるかもしれないから、やめてくんない？」

レイは下から伏木を睨み上げた。そして、顔を男に戻した。

「どうやら、本当のようね。じゃあ、ここから出る時はどうしてるの？」

一転、優しい声で訊く。

男は少し安堵《あんど》したように頬を緩ませた。

「黒いスーツを着たヤツが来るんだよ。で、目隠しをさせられて、縄でみんなつながれて、引っ張られて歩かされる」

「どのくらい？」

「ハッキリとはわかんねえけど、五分くらいかなあ。くねくねとした道を歩くんだ。靴音が響くから、地下なんだろうな。そして、十四、五人は乗れるエレベーターで上がっていく。そのまま車に乗せられて、運ばれた先はホテル。けど、窓は目張りされてて、どこかわからねえ」

「本当にあんたたち、どうかしてるわよ。そんな仕事引き受けて、生きて帰れると思う？」

「えっ？　俺たち、バラされるのか？」

「当たり前じゃない。そこまで徹底した準備ができる組織なんて、まともなわけないでしょ？」

「そんな……」

男は眉尻を下げた。

「でも、大丈夫。助けてあげる」

レイが笑顔を向ける。

「マジで？　いや、本当……ですか？」

男はすがるようにレイを見つめた。

「信じる信じないはあんたたち次第。けど、私たちが逃げたとなれば、あんたたちは無事ではすまないわよ」

「……頼みます。助けてください！」

男はレイの腕にしがみついた。

レイは伏木を見上げた。微笑む。

伏木も微笑み、うなずいた。

「今から、あんたに目隠しをして、同じ状況で歩いてもらうから、感覚を思い出しながら案内して。私たちが監禁されていた部屋に、あんたの仲間がいるから、連れてきてちょうだい。急いで」

レイは男の右腕を叩いた。

男は右腿を押さえて立ち上がった。足を引きずりながら、部屋を出て行く。

伏木は部屋の奥にある食事運搬用のエレベーターに近づいた。右手に上下のボタンがある。下のボタンを押すと、モーターが動きだした。

下まで降りてきたエレベーターのドアが開く。

中は広い。屈めば、大人一人が十分入れるほどの空間だった。

伏木は戻って、倒れた椅子を起こし、座った。

「ねえさん」

横に椅子を置き、指で差す。

レイはゆっくりと立ち上がり、椅子に腰かけた。右腕をテーブルに置いてうなだれる。

伏木はテーブルにあったお茶のペットボトルと菓子を取った。お茶一本をレイの前に差し出す。

伏木はお茶を飲んだ。乾いた雑巾《ぞうきん》のような体に水分が染みていく。半分ほど飲んで、大きく息をついて、レイを見た。

レイはペットボトルを握ったまま、飲もうとしない。

「ねえさん、飲んだほうがいいよ」

「わかってるんだけどさ。なんか、蓋《ふた》を開ける力も出ない」

そう言うレイは、ぐったりとうなだれていた。今にもテーブルに突《つ》っ伏《ぷ》しそうだ。

改めて、明かりの下でレイを見ると、目の周りはくぼみ、頬はこけ、身体に力が入らないようだ。見るも哀《あわ》れな飢《き》餓《が》状態だった。

それでも戦闘では動けるあたり、さすが暗殺部員だと感心する。

伏木は蓋を開け、レイの前に置いた。

「ありがとう」

弱々しい笑みを見せ、一口含む。が、飲み込もうとして、咳《せ》き込む。

伏木は背中をさすった。

「クラウン。あんた、先に、あのエレベーターで上がって」

レイが食事運搬用のエレベーターに目を向けた。

「ねえさんが先のほうがいい」

伏木が言うと、レイは小さく顔を横に振った。

「ごらんの通り、私は動けない。もし、上に敵がいても、もう戦えない。あんただけのほうが、突破できる」

「ねえさんは、どうするんだい？」

「私はこの子たちを連れて、ここを出るよ。さっきの子が言ってた話、嘘じゃなさそうだから、運が良ければ、出口にたどり着ける」

レイはそこまで話すと、大きく息を吐いた。言葉を出すのも辛《つら》そうだ。

「早いほうがいい。アントが絡んでるのは間違いないだろうから」

レイは伏木が持っている銃を見やった。銃身が短く切り込まれたものだ。

「あいつらが監視していないなんてことはない。もたもたしてると、逃げるチャンスを失う」

「なら、俺が残ったほうが――」

「ダメ。助かる確率が高いほうに託すことが大事。情はいらないよ、緊急時は」

レイは伏木を見つめた。

今にも塞がりそうなほど重い瞼《まぶた》をしていたが、その奥の眼光は死んでいない。

伏木はチョコレートを一つ口に放り込んで噛《か》み砕き、お茶で流し込んだ。甘さが胃に沁みる。

そして、立ち上がった。

レイも立ち上がり、二人で食事運搬用のエレベーターまで歩いた。

伏木は頭から体を入れた。背を丸めて腰を下ろし、片足ずつ入れて、体育座りになる。

顔を傾けて、レイを見つめた。

「必ず、助けに来るから」

「大丈夫、死なないわよ。あんたに誘ってもらったんだし」

「そうだよ。必ず、食いに行こう」

「楽しみにしてるわ」

レイが笑みを作り、上へのボタンを押した。

ドアが閉まっていく。

伏木の視界からゆっくりとレイの姿が見えなくなっていった。

まもなく、伏木を乗せた箱は上昇し始めた。

第五章　Dの逆襲

1

体を丸めた伏木は息をひそめ、暗闇《くらやみ》の中で銃を握りしめていた。

箱はゆっくりと上昇していく。静けさの中、モーターの音だけが耳朶《じだ》に響く。

レイのことが気になる。この食事運搬用エレベーターがどこへたどり着くのかもわからない。

今はとにかく、この箱から出た後、何が何でもこの状況を脱し、仲間に救援を求めることが重要だ。

集中しようとする一方で、地下での出来事を脳内で反芻《はんすう》する。

見張りの男たちが言うとおりであれば、レイも大型の人荷《じんか》用エレベーターを使い、地上へ脱出するチャンスを得るだろう。

地下は迷路になっているが、大きなエレベーターであれば、見つかる可能性も――。

男の話を思い返していた伏木は、ふっと顔を上げた。

どうして、わかった？

心の中で、疑問をつぶやく。

男たちはホテルから目隠しされ、地下の詰所《つめしょ》まで連れてこられたと言っていた。

であれば、エレベーター内でも目隠しをされていたはず。箱の大きさがわかるはずがない。

しまった！　アントの関係者か！

レイが危ない。すぐにでも戻りたいが、どうすることもできない。

外に出て、連絡を付けたら、すぐに戻ろう。

伏木は手に持った銃を握りしめた。

2

レイの下《もと》に、詰所にいた男たちが集まってきていた。みな、伏木とレイにやられ、傷《きず》ついている。

レイは男たちを椅子に座らせていた。

「もう一人はどこにいるんだよ」

伏木に足を撃《う》たれた男が訊《き》いた。

「先にエレベーターを探しに行かせたよ。まとまって動くよりは効率いいでしょ?」

レイは男を見つめた。

男の黒目が落ち着かない。

レイは立ち上がって、テーブルを回るようにゆっくりと歩きだした。

「もう少ししたら、君たちに協力してもらうから、体力回復させてね」

ペットボトルを取って男の前に置いたり、また別の者の後ろに回って肩をさすったりしながら、伏木に撃たれた男の背後に回った。

左肩に手を置いて撫《な》でる。

「足、大丈夫?」

「まあ、なんとか」

男は落ち着かない様子で、左右に顔を振って、忙《せわ》しなく後ろを見やる。

「よかったあ。太腿《ふともも》は気をつけないと、大量出血で死んじゃうからね。動けもせず死んじゃったら、つまらないもんねえ」

レイは左肩を少し強く握った。男の体が強《こわ》ばる。

「それよりさあ、あんた。ここへ連れてこられる間、ずっと目隠しされてたって言ってたよね」

「そうだけど」

「目隠しされててさあ、なんで、エレベーターの大きさがわかったのよ」

スッと目を細める。

男の眦《まなじり》が引きつった。

ぐったりしていた他の男たちもにわかに殺気立つ。

撃たれた男が腰を浮かせようとした。

レイは肩を押さえた。右手に持ったナイフの刃を喉笛《のどぶえ》に押し当てる。

「切り裂《さ》くよ」

低い声で言う。男は椅子に腰を落とした。

レイは背中に左手を這《は》わせ、男の腰に当てた。シャツをめくる。

「これ、どこから持ってきたの？」

銃身の短いサプレッサーを付けた自動拳銃だった。銃を抜きとってコックを指で起こし、こめかみに銃口を押し当てる。

正面の男が動いた。

レイは銃を振り向けざま、発砲した。

男の眉間《みけん》に穴があいた。椅子ごと後方に倒れる。男は床に仰向《あおむ》けに倒れた。射出口である後頭部から流れ出る血が溜まりを作る。

左右に座っている男たちは動けなくなり、腰を浮かせたまま固まった。

伏木に撃たれた男も硬直《こうちょく》している。

「あんたたち、私を誰だと思ってんの？　暗殺部の人間よ。敵《かな》うわけないでしょ」

レイがにやりとする。

左側の男が少し動いた。

レイは素早く銃口を向け、引き金を引いた。

放たれた銃弾は正確に男の眉間中央を貫《つらぬ》いた。椅子の背もたれにバウンドして、テーブルに突《つ》っ伏《ぷ》す。テーブルにどろりと血が流れた。

「殺すことに躊躇《ちゅうちょ》はないの、私たちは。どうする？」

右側の男に銃口を向ける。

「右腰が膨《ふく》れてるわね。出しなさい」

レイが促す。

視界に伏木に撃たれた男が顔を動かす様が映《うつ》った。

レイはナイフを喉仏《のどぼとけ》から右首筋にかけて引いた。ざっくりと首の右前半分が裂け、血が噴き出す。

男は悲鳴を上げ、首を押さえた。

レイは男を椅子ごとひっくり返した。

背中から落ちた男は、首を両手で押さえてもんどりうった。指の間から湧《わ》き出る血が止まらない。転がるほどに床面を赤く染める。

そしてまもなく、動かなくなった。

「残ったのはあんただけ」

右側に座る男を見据える。

「出して。腰の物を」

銃口を振る。

男はそろそろと銃把《じゅうは》をつまんで、テーブルに置いた。やはり、アント専用の銃だ。

「そのまま両手を上げて」

レイは銃を向けたまま男に近づいた。テーブルの上の銃を取って、腰に差す。

「名前は？」

銃口を額に押し当てる。

男の右指がかすかに動く。

「ダメだって」

反撃を先読みし、銃口を右肩に向けて発砲する。

男は左手で右肩を押さえ、うなだれた。

後頭部に銃口をごりっと当てる。男の動きが止まる。

「名前は？」

「こ……コバヤシ」

「ふうん。本当か知らないけど、まあいいわ。コバヤシ君、この銃を持ってるってことは、アントかアントの関係者ってことね？」

もう一度、後頭部に銃口を押し付ける。

コバヤシと名乗った男は何度もうなずいた。

「じゃあ、エレベーターの場所もわかるわね？」

質問に、再度うなずく。

レイは背後に回った。襟首《えりくび》をつかんで立たせる。そして、すぐさまベルトの腰の部分をつかんだ。銃口を首の後ろに回して密着させる。

「案内して」

銃口でつつく。

コバヤシはよたよたと歩きだした。詰所を出て通路を進む。

「逃げられないぞ」

コバヤシが言う。

「なぜ？」

「おまえらが殺しのプロなら、俺たちは処理のプロだ。問題を処理するためなら、強硬手段もいとわない」

「そう。その時は受けて立つわ」

銃の先で首を押す。

コバヤシは前屈みで歩く。

通路は、詰所の明かりも届かなくなり、薄暗くなった。

「本当にこっちなの？」

「信じないなら、勝手に進め」

「あんた、度胸《どきょう》あるね。怖くないの？」

銃の先で再びつつく。

「おまえらの腕なら一発だろう。怖いと思う間《ま》もない」

「あー、そうよね」

レイは右手のナイフを持ち上げた。

首の後ろに刃先を立てる。そして、一センチほど刺し入れた。

コバヤシの顔が蒼《あお》ざめ、ひきつった。

「このくらいの痛み、どうってことないでしょ？　ただ、適当に私を振り回してなんとかしようと思ってるなら、死ぬよりつらい地獄を味わうことになるよ」

また五ミリほど刺し込む。

コバヤシの指先がピクっと動く。レイのナイフが神経に触《ふ》れていることがわかる。

全身に鳥肌が浮かんでいる。

「エレベーターはいいわ」

「えっ？」

コバヤシが黒目だけ動かして、背後を見やる。

「通信が使えるところまで案内して」

「それはわからない」

「あんたたち、携帯とかスマホ使ってるでしょ？」

さらに三ミリほど刺し込む。

コバヤシの指先の震えが強くなったようだ。

「待て！　待ってくれ！　これは本当だ。蟻《あり》の巣では外部との通信が遮断されている。情報漏《も》れを防ぐためだ。外部との通信は専用回線を使うしかないが、その回線がある部屋は限られている。俺たちのＩＤでは入れない」

「本当なの？　あんたたち同士の連絡はどうしてんのよ」

「俺のズボンの後ろポケットを調べてみろ」

コバヤシが言う。

レイはポケットをまさぐった。名刺大の薄い端末が出てきた。

上部の電源スイッチを入れる。素《そ》っ気《け》ないモノクロのテキスト表示画面が出てきた。

画面の上には、日時、通信状態を示すアンテナが表示されていて、携帯やスマホのような感じだ。画面上左には、英数十二桁《けた》の文字が記されていた。

「これ、液晶？」

「違う。電子ペーパーみたいなもんだ。必要な情報をやり取りするだけだからな」

「左上の英数文字は？」

「個人ＩＤだ。端末に接続すると、持ち主がどこにいるのか、わかるようになっている。この通信は、蟻の巣内の専用無線回線を使っている」

「電子的な監視装置ね」

「まあ、そんなものだ」

コバヤシはぺらぺらと話した。

先ほどまでと違い、冗舌《じょうぜつ》だ。違和感を覚える。

「つまり、今、電源を入れたことで、あんたがいる位置も伝わったということね」

「そういうこと。ついでに、電源キーには指紋認証が仕込まれている。操作したのが俺じゃないということも即座に伝わる」

コバヤシが笑みを浮かべた。

「もう、仲間がこちらへ向かっている。逃げ道はないぞ。おとなしく部屋へ戻るなら、逃げたのはもう一人の男だけと言ってやってもいいが」

「助けてくれるの？」

「ああ。俺を信じてくれればな」

「ありがとう。けど、信じられないから遠慮するわね」

レイはナイフを深く刺し入れた。

コバヤシが目を見開く。

ブツッとゴムひもが切れるような太い音がした。

ナイフを抜く。首にあいた薄い傷口からドクドクと血があふれる。腰のベルトを握っていた手を離すと、コバヤシはへなへなと力なくその場に崩れ落ちた。

横たわると、そのままの格好で動けなくなる。手も足も溶けたプラスチックのように脱力し、地面に張り付いていた。

「何を……した」

コバヤシが声を絞り出した。

「頸椎《けいつい》の神経切っちゃった。首から上以外、もう動かせないわよ。まあ、もっとも、大量に出血してるし、心臓への信号もそのうち停まるだろうから、もうすぐ死ぬでしょうけどね」

レイはコバヤシの脇に屈み、右手を取った。人差し指を電源ボタンに当て、起動してみる。端末が通信できる状態になった。

通信記録を見てみる。

「やっぱ、他の仲間に知らせてたのね」

送信したテキストには、レイと伏木が拘束を解いたこと、制圧されたが二人を部屋に引き留めておくことが記されていた。

「残念だったわねえ。私たちを引き留められなくて」

「おまえ……ただじゃすまないぞ」

「いいのよ。あんたと違って、覚悟はしてるから。まともな死に方はできないことくらいね」

レイはゆっくりと立ち上がった。

「じゃあ、私は行くから。死ぬまでの間、自分の不幸な人生を振り返って、嘆《なげ》いてね」

「ふざけるな！」

コバヤシは怒鳴った。怒鳴ることしかできなかった。

レイは冷めた目でコバヤシを一瞥《いちべつ》し、通路を奥へと進んだ。

背後で叫び声が響いていたが、やがて小さくなり、聞こえなくなった。

レイは複数の分岐がある通路を右へ左へと歩き回った。

エレベーターを探していたわけではない。

敵を引きつけるためだ。

コバヤシから奪った通信端末は持っている。敵はその電波を追いながら、包囲網を狭《せば》めているに違いない。

少しでも長い時間、自分が敵を引きつけられれば、伏木が脱出できる確率も高くなる。

もちろん、エレベーターに行き当たれば、それで地上に出るつもりだ。

が、蟻の巣は予想以上に迷路だった。

「こんなところ、どうやって動き回ってるの？」

おそらく、コバヤシから奪った端末の他に、移動用の別の端末があるのだろう。

「もっと細かく持ち物を調べればよかったなあ」

コバヤシや殺した男たちの顔を思い浮かべる。

ふっと視界の右端に影がよぎった。

レイは壁際に身を寄せた。

数人の人影が通路の明かりに揺れていた。

レイは銃を握り、足音を忍ばせ、影から離れるように通路を進んだ。

また別の分岐で人影に遭遇する。息を殺し、別の通路へ進む。

と、その先にエレベーターが見えた。

レイはしゃがみ、端末を反対側の通路に滑らすように投げた。かすかに音が響く。敵が足を止めた気配も伝わってきた。

互いが気配を探り合う。レイの手にはじわりと汗がにじんだ。

ふっと気配が途切れた。

レイはエレベーターに走った。ボタンを押す。エレベーターのモーター音が地下通路に低く響く。

エレベーター横の壁に背をつけ、ドアが開くのを待つ。

足音が聞こえてきた。走っている。

エレベーターの振動が足元に伝わってきた。同時に通路の奥からの足音も大きくなる。

箱が停止し、ドアが開いた。

エレベーター内の明かりが通路を照らす。

中へ踏み込もうとした。

が、足を止めた。

大きくため息をついて、両手を上げる。

中からぞろぞろと黒スーツを着た男たちが降りてきた。アントだ。

十人ほどの男は全員が銃を握っていた。銃口はレイに向けられている。

「こっちの動きはお見通しってわけね」

レイはゆっくりと後退した。

背後からも次々と黒いスーツの男たちが現われた。

レイは前後を挟まれた。エレベーターのドアが閉まる。箱は上昇し始めた。

エレベーターから降りてきた男たちの中央にいる男が口を開いた。

「クラウンはどこだ？」

「さあね。一人で逃げちゃったから、わからない」

「どこだ？」

「捜しなさいよ。迷路は得意でしょ。蟻なんだから」

レイは鼻で笑った。

男の銃口が火を噴く。右肩が撃ち抜かれる。レイは顔をしかめた。が、倒れなかった。

あいた穴からは血が流れ出る。

「どういうつもりか知らないけどさ。蟻の分際《ぶんざい》で、人間様に逆らうんじゃないよ。踏み潰《つぶ》されて終わりだよ、あんたら」

背後から右腿を撃たれた。膝が崩れそうになる。それでも踏ん張った。

「あんたらも私も日陰で生きる者。表に出ようとするんじゃないよ！」

レイは正面の男に銃を向けた。

瞬間、前後から弾幕《だんまく》が襲ってきた。

男たちは相撃ちすることなく、的確にレイの体を狙い、発砲していた。

レイの体に無数の穴があく。銃弾に弾かれた体が踊るように舞う。血は紅《あか》いベールのように広がり、四散する。

ごめん、クラウン。お食事、行けそうにないわ……。

ふらふらと回転し、中央の男のほうに前半身が向いた。

男は右手を上げた。銃撃が止《や》む。

「蟻が象を倒すこともあるんだよ、レイ」

引き金を引く。

眉間に食い込んだ弾丸が頭蓋骨を砕いた。パッと血混じりの脳みそが弾《はじ》け飛ぶ。

レイはゆっくりと背中から倒れた。

地面で跳ねた全身から、おびただしい血が流れ、川を作る。

「D1のクラウンを捜せ」

中央の男はそう仲間に命じ、冷ややかにレイの屍《しかばね》を見下ろした。

3

伏木が乗ったエレベーターの箱が停まった。

銃を握りしめ、ドア側に向ける。

エレベーターのドアがゆっくりと開いた。

伏木は頭を出した。左手で箱の外側を握って体を押し出し、そのまま前に転がり落ちる。

前転して、片膝を立ててしゃがんだままの格好で銃を構えた。

転がり出たところは、作業台の下だった。

狭い場所で曲げたままだった足は少し痺《しび》れている。

伏木は足の状態が元に戻るのを待ちながら、周囲の様子を作業台の下から確認した。

静かだった。

フロアを見渡すが、人の足は見えない。

誰もいないのか?

右、左と交互に足を伸ばす。痺れは治まってきた。

伏木は屈んだまま作業台の下を進んだ。その先に調理器具を置いたスチール棚がある。

気配を探りながら、スッと立ち上がり、棚の陰に身を寄せた。

端《はし》からフロア全体を覗《のぞ》こうと顔を出す。

明かりは点《つ》いているが、誰もいなかった。

電子調理器具やガスコンロには寸胴《ずんどう》もフライパンもなく、食器やまな板も片づけられていた。

「休憩中か？」

慎重に周りを見回しながら、棚の陰から出た。

と、スピーカーから突然、声が聞こえた。

――暗殺部第一課情報班員クラウンこと伏木守君。君が調理室にいることを我々は把握している。今、手にしている銃を近くの調理台に置きなさい。

男の声が命令する。

伏木はため息をついた。テーブルに銃を置く。

「誰だ！」

叫ぶ。が、返答はない。どうやら、こちらの音声を聴けるわけではないようだ。

つまり、伏木は男からの声を聞かされるだけとなる。

追跡装置のようなものをつけられていた記憶はないことから考えると、伏木が食事運搬用エレベーターに乗ったことを知ったのは、監視カメラか、倒した男たちの誰かからの連絡だろう。

レイが吐いたとは思えない。

ということは、どこかに監視カメラがあり、それを潰せば、隙ができる可能性もある。

――両手を上げろ。

伏木は両手を上げて、天井を見上げ、ぐるりと回転した。

――カメラを見つけようとしても無駄だぞ。

男は小馬鹿にするような口調で言った。

それを聞いて、伏木は顔を伏せてにやりとした。

それはつまり、目に見えるような大きなカメラではなく、壁などに埋め込まれた小型カメラだということに他ならない。

伏木は上を見て、笑った。

「ありがとよ!」

瞬間、テーブルの銃を取って、上を見た。照明に向けて、発砲する。一つ、また一つと照明が撃ち砕かれ、消えていく。あっという間に照明がほとんど消え、薄闇《うすやみ》と化した。

ドアの開く音がした。複数の足音が駆け込んでくる。

伏木は調理台に飛び乗り、滑りながらドア口に向けて発砲した。

短い悲鳴が上がる。

顔を振った。調理台の先にガスコンロがある。後転して調理台の上から転がり落ちた。

伏木を狙って、男たちが銃を放つ。スチールの棚や台に弾丸が当たり、火花を散らす。

伏木は首を竦《すく》めながら立ち上がり、コンロの先を覗いた。

ガス管を見つめた。手を伸ばして、ガス管を引き抜く。

シューとガスが噴き出す音がした。

伏木は作業台の脇まで下がった。跳弾《ちょうだん》が頬に一筋の傷を作る。腕や足も銃弾がかすめ、服が裂かれ、皮膚を切られた。

伏木は銃を構えた。

ガス管のあったところに、銃弾をまとめて撃ち込む。カンカンカンと弾丸が音を立てる。

伏木はしゃがみながら、さらに銃撃を続ける。

薄闇の中に火花が散った。

ドンと音がし、火柱が上がった。

コンロが砕け、棚にあった寸胴やフライパンが吹き飛ぶ。テーブルも爆風でひっくり返った。

伏木に迫ってきていた男が炎に襲われ、火だるまになって叫ぶ。

薄闇からの急な明るさで、カメラは一瞬視界を失っているはずだ。

伏木はドア口に走った。途中、散らばった調理具の中にあった包丁を二本つかみ、逆手に握りしめた。

そして、炎の明かりに照らされた男たちに切りつけた。

伏木にしてみれば、現われた者はすべて敵なので、攻めやすかった。

男たちは突然至近距離で襲ってきた伏木に対処できなかった。首を切られて転がる者もいれば、目をやられて顔を押さえ絶叫する者もいた。

調理室は混乱状況に陥った。

包丁を持ち替え、目に映った影に投げつける。またも悲鳴が上がる。

転がった男の顔面を踏みつけ、銃を奪う。そして、乱射する。

「逃げたぞ！」

伏木が叫んだ。

すると、男の誰かが呼応《こおう》した。

「外だ！　外に逃げた！」

その声を聞いて、男たちが調理室から出て行く。

伏木は倒れた男の懐をまさぐった。スマートフォンを持っていた。それを取り、壁際にある調理台の下に隠れる。

記憶していた智恵理の携帯番号を入力し、コールボタンを押した。

4

「まだ来ねえのかよ、ベンジャーからのデータは！」

神馬はローソファーに寝転がり、両手に持ったナイフの刃を擦《す》り合わせながら、苛立った様子で声を張った。

「待つしかないでしょう！　イライラしないでよ！　こっちまでイライラするじゃない！」

智恵理が大声で返す。

「まあまあ、二人とも」

栗島が苦笑して、仲裁《ちゅうさい》に入る。

「ベンジャーも敵なんじゃねえのか？」

神馬が言い放った。

「そんなわけないじゃない！」

智恵理がまた怒鳴る。

「わからねえぞ。ファルコンを言い含めて帰して、今頃、おれたちを襲う準備をしてるかもしれねえ」

「なんで、あんたはそんなことばっかり言うの！」

「でも、可能性はなくはないわよ」

凜子が言った。

「リヴまで……」

智恵理は頬を膨らませた。

と、ソファーにもたれていた周藤が上体を起こした。

「ポン、移動の準備は？」

「今すぐにでも移動できますけど」

「念のため、ここは引き払ったほうがいいな。チェリー、近隣で宿営できるところは押さえられるか？」

「それはできますけど」

「すぐに手配してくれ。他の者は、引き払う準備を」

周藤は命じ、立ち上がった。

智恵理も立ち上がる。と、ポケットに入れたスマホが鳴った。

取り出し、ディスプレイを見る。非通知となっていた。

怪訝《けげん》そうに眉根を寄せる。

「誰から？」

凜子が訊いた。智恵理が顔を横に振る。

「出てみろ」

周藤が言った。

智恵理はうなずいて、電話をつないだ。

すぐ、声が飛び込んできた。

「……ファルコン！」

その声に、他の四人の視線が一斉に智恵理に向いた。

「うん……えっ、ほんとに？　わかった。すぐに向かう。クラウンはどこかに……。えっ。何言ってんの！　ちょっと、クラウン！」

智恵理は何度か呼び掛けて、耳からスマホを離した。

「クラウンがどうしたって？」

神馬がひょいっと立ち上がった。

「監禁場所から脱出したって。場所は、蟻の巣」

智恵理の言葉に、一同の表情が険しくなった。

「現在、調理室に潜伏中らしいんだけど、同じく捕らえられていたＤ２のレイさんを救出するため、地下に戻ると言って通話が切れた」

「大変だ！　急がないと！」

栗島が言った。

「ポン、リヴとチェリーを連れて、Ｄ１オフィスに戻り、武器を取ってこい。チェリー、移動中、ブルーアイに連絡を入れ、状況を知らせろ。サーバルは俺と中野の蟻の巣へ直行する。急げ！」

周藤が指示すると、メンバーは一斉に動き始めた。

5

出火した調理室では、スプリンクラーが作動していた。水蒸気の混ざった白い煙が充満し、視界は悪くなっている。

伏木は、腰を低くして調理室内を動き回り、背格好の近い男のスーツとワイシャツ、ネクタイを剝《は》いだ。濡《ぬ》れた服に着替える。アントの格好をしていれば、多少の危険は避けられる。

そのあと、倒した男たちの持ち物を探った。

それぞれが持っていた銃と替えのマガジンを集める。携帯していたナイフや伸縮警棒も奪《うば》い、上着で隠せる腰回りに差せるだけ差し、ポケットにも突っ込んだ。

持ちきれない武器は泣く泣く捨てた。

調理室を出ると、廊下にも煙が充満していた。スーツの男が煙の中から突然、伏木の前に現われた。

伏木は立ち止まり、腰の銃に右手をかけた。

「おい、奴は見つかったか?」

男が訊いてきた。

「いや、まだだ」

伏木が答える。

「早く見つけないとヤバいな。地上階の病院に出られたら追えなくなる」

「そうだな」

男は伏木を仲間と思ったようだ。

手元を見ると、端末を持っている。伏木もポケットに入れていた端末をそっと取り出した。

電源を入れる。しかし、認証されず、画面が表示されない。

「どうした？」

男が怪訝《けげん》そうに見た。

「さっきの調理室で壊れちまったみたいだ。見せてくれ」

伏木が男の手元を覗《のぞ》き込んだ。

測位システムの画面だった。

なるほど、これで迷路を抜けているわけか。

「おまえのそれ、貸してくれないか」

「自分のを使えばいいだろ」

「認証されないんだ」

「貸してみろ」

男は、伏木の手から端末を取ると、右手も取った。

指紋認証かと思いつつ、男に右手を預ける。男は伏木の人差し指と中指の腹を何度か当てた。

「ああ、確かに認識されないな」

「そうなんだ。まいったよ」

男の手から右手首を抜いた。

「仕方ないから、緊急パスワード使えよ」

男が言う。

そういうものがあるということはわかったが、当然、パスワードは知らない。

「忘れちまってな……」

伏木が言う。

男は伏木を見やった。

「おまえ、本当に――」

男の手が懐に動きかけた瞬間、伏木は右親指から人差し指のアーチを男の喉《のど》に突き入れた。

男は息を詰め、喉を押さえて前屈みになった。

伏木は少し後ろに下がった。同時に伸縮警棒を取って振り出し、真横から男のこめかみに打撃を加えた。

男が横に吹っ飛んだ。壁に当たって跳ね返り、横たわる。伏木は駆け寄って、男の鳩尾《みぞおち》に爪先《つまさき》を叩き込んだ。

男は息を詰め、意識を失った。

「悪いな」

男の手から測位システムの端末を取る。武器も奪い、着ている服をずらして、手足を縛《しば》り、ハンカチを口に入れてネクタイを巻き、呼吸ができる状態で猿ぐつわをかませた。ずるずると引きずって、通路の死角に放置する。

画面を指で操作してみた。

通路を表わしていると思われる線が描かれていた。エレベーターや詰所、通信室や隔離施設などは丸い点で、自分の現在地と方向は、三角の矢印で表示されていた。

画面右上にはB1と示されている。つまり、今、伏木がいる場所は地下一階ということだ。監禁されていたのは、それよりさらに下階ということか。

「スマホとは別なんだな」

ポケットからスマホを取り出して画面を見ると、今は電波が遮断されていた。

外部と通信できるエリアは限定されているということか。ということは、測位システムも地下限定のものを使っているのだろう。

伏木は状況から機器の特性を判断しつつ、スマホをポケットにしまい、測位システム端末の画面を見ながらエレベーターに向かった。

途中、アントの職員に出会うが、スーツを着て端末を持っているせいか、伏木を捜す仲間だと誤認し、素通りさせてくれた。

伏木はエレベーターへ近づきながら、スマホも時折確認した。再び外部と通信できるところを探していた。

通信室の近くに来た。画面のアンテナ表示が立った。

アンテナ数は二つから三つを行き来し、安定していないが、あまり通信室に近づいて連絡を入れるのも危ない。

壁に身を寄せ、再び、智恵理の番号に電話を入れた。

「……もしもし、俺だ」

小声で呼びかける。

「手短に話す。俺は今、地下一階にいるらしい。蟻の巣を移動するには、アントが持っている専用端末が必要だ。奪ったら、そいつの指で指紋認証して、ロックを解除しろ。外部へ発信できる場所は限られている。このスマホをつないだまま置いておくので、位置を特定して侵入しろ。俺はこのまま地下二階へ――」

話していると、足音が聞こえてきた。

「声は出すな。人が来た。スマホを置く」

伏木は言い、何かを拾《ひろ》うふりをして壁の隅の隙間にスマホを入れた。

体を起こして、スーツの男に自ら駆け寄る。

「見つかったか？」

伏木は仲間然としてさらりと声をかけた。

「いや、まだだ」

男は疑う様子もなく、自然に答えていた。

伏木が言う。

「ひょっとしたら、まだ、調理室にいるんじゃないか？」

「それはないだろう」

「いや、これだけ捜して見つからないのもおかしい。だとすると、動いたように見せかけて実は動いていないということもあるんじゃないか？　こちらを散り散りにさせ、隙《すき》を見て逃げ出すっていうことも」

「……そうだな」

最初は呆《あき》れていた男も真顔になった。

「ちょっと見てきてくれ。俺が確認した時はいなかったが、目が変われば簡単に見つかることもある。俺は奥を捜してくるから」

「そうだな」

「頼む」

伏木が言うと、男は調理室の方へ向かった。

エレベーターホールに出る。五人の男がホールで伏木を待ち構えている。

伏木は駆け寄った。

「おい、クラウンが調理室にいるんじゃないかと言って、みんな向かったぞ」

「本当か？」

手前にいた一人が怪訝そうに目を細める。別の男は端末に目を向けた。近づいて、手元を見る。

文字データを表示していた。

通信機能もあるというわけか。

「俺も行くから、早く来い」

伏木はいったん、エレベーターホールから離れた。

端末をいじる。チャットが現われた。

伏木は〝クラウン、調理室で発見〟と短く打ち込み、一斉送信する。

少し待っていると、エレベーターホールにいた男のうち、三人が調理室の方へ駆けていった。

伏木は一呼吸おいて、ホールに戻った。

男が二人残っていた。伏木を認め、一人が声をかけてくる。

「おまえ、調理室には――」

伏木はいきなり間合いを詰めた。伸縮警棒を振り出し、首筋に叩き込む。

男の血流が一瞬途切れた。脳が酸欠状態を起こし、意識が途切れ、そのままストンと両膝を落とした。

「おい！」

もう一人の男が銃を向けた。

伏木は伸縮警棒を投げた。男が上体を屈めて避ける。その隙に伏木は距離を詰め、左爪先で男の右腕を蹴り上げた。

男の手から銃が離れ、舞い上がる。

男が左フックを振ってきた。

伏木はダッキングしてかわし、背後に回り込んだ。

「そんなへなちょこフック、当たるわけないだろ。暗殺部だぞ、俺は」

男の首に右腕を回し、左腕でロックして絞《し》め上げる。

男は呻き、伏木の右腕をつかんだ。

「殺しゃしない。ちょっと寝ててくれ」

喉を潰さないよう、両首筋の動脈と静脈の血流を閉ざす。

男は両眼を見開いた。

腕を解くと、そのまま足元に頽れた。

気絶した二人を着ているもので素早く拘束して壁際に隠し、武器と端末を奪った。

大きく一つ息をつく。

「急ぐか」

伏木はエレベーターに目を向けた。

6

周藤は神馬と共に、中野の警察病院へ到着した。

「こんなところに蟻の巣があんのか？」

神馬が周りを見回す。

「この地下にある。俺は何度か来ているからな。こっちから行こう」

周藤は病院の裏手に神馬を連れていった。

マンホールの蓋があるのが見えた。壁にはマンホール開閉用のバールのようなものが掛けられている。長いスチール棒の先端に小さな金具が水平につけられているものだ。

周藤はマンホールの穴に先端の鉤《かぎ》を差し込み、蓋《ふた》を浮かせてずらした。

神馬が中を覗く。下水管は見えるが、汚水の臭いはしない。

「隠し通路か」

「そういうこと。行くぞ」

周藤は先に梯子《はしご》を下りた。

神馬はバールを持って、周藤に続いた。蓋を閉めると真《ま》っ暗《くら》になる。下に降りた周藤が、スマホのLEDライトで周囲を照らした。

神馬も下に降りる。下水管は大人が立って歩ける十分な高さと幅があった。

周藤は迷わず歩きだした。

「そっちで合ってんのか？」

「この通路は一本道だ」

周藤と神馬が歩く。足音が響くだけだ。

「本当に、この下に蟻の巣があるのか？」

あまりの静けさに再度訊ねる。

「地下と地上の間は、分厚いコンクリートの装甲になっている。蟻の巣で爆発が起こっても、上の建物や周囲には知られないように造られているとベンジャーが言っていた」

話しながら歩いていると、壁に突き当たった。

「行き止まりじゃねえか」

「これは扉になっている」

右側の壁を照らす。手のひらをサッとかざすと、テンキーが浮かび上がった。

「へえ、面白い仕掛けだな」

神馬がにやりとした。

「暗証番号は？」

「ベンジャーから聞いている」

周藤は言い、数字をタッチしていった。十六桁の数字だった。

最後の数字を入れ、確定ボタンにタッチすると、かすかに低いモーター音が響き、壁が右から左へスライドした。

扉の向こうにスーツを着た男が二人いた。

神馬と周藤は瞬時に動いた。

神馬は持っていたバールで、後頭部を殴《なぐ》った。男はつんのめり、顔から床に落ちた。

周藤は間合いを詰めると同時に、もう一人に右ハイキックを飛ばした。振り向きかけた男の顔面に足の甲が直撃する。

男は壁まで飛ばされて背中をしたたかに打ちつけ、前のめりに突っ伏した。地面に打ちつけた顔面の周りに血が四散する。

周藤は男たちから銃とマガジンを抜き取った。神馬は伸縮警棒を二つ握る。

ポケットの中を探り、端末を奪った。

「ロック解除は指紋認証と言っていたな」

周藤は気絶した男たちの手を取り、それぞれの端末に指を触れさせる。

ロックが外れ、測位システムが作動した。

「これを持っておけ」

一つを神馬に渡す。

「なんだ、これ？」

「蟻の巣の案内板だ。これがなければ、たちまち迷う」

「めんどくせえ場所だな」

端末を睨み、ポケットに入れた。

「どこに行く？」

「クラウンとレイさんの救出が先決だ。エレベーターへ向かう」

「のこのこ乗りゃあ、蜂の巣にされるんじゃねえか？」

「それでも、地下へはエレベーターでしか行けないからな。乗るしかない」

「万が一の時の脱出口はないのか？」

「ない」

「ひでえな。何かありゃ、蓋して見殺しってわけか」

「そもそも存在していないからな。蟻の巣も蟻たちも。俺たちもな」

「存在しない連中の殺し合いか。笑っちまうぜ」

神馬が吐き捨てる。

「できるだけ、殺すな。動かしている奴はともかく、末端の人員に罪はない」

「温情か？」

「違う。俺たちが仲間を殺さないというメッセージを残したい。それがわかれば、無益《むえき》な争いも避けられる」

「殺《や》られそうになったら？」

「やむを得ない場合は仕方がない」

周藤は平然と言った。

「了解」

神馬はにやりとし、周藤と共にエレベーターに向かった。

7

伏木はエレベーターで地下二階へ降りた。

エレベーター内には当然、監視カメラはあるはず。伏木は箱の真ん中に立ち、普通に移動している態度を装《よそお》った。

ドアが開いた瞬間、多少身構えたが、拍子《ひょうし》抜けした。

ドア前には誰もいなかった。

エレベーターを降り、ホールを見回す。床や壁には、デボス加工されたように細かい凹《おう》部が一面に広がっていた。

近づいて、見てみる。人差し指第一関節ほどの凹部――。

弾痕《だんこん》か。

かすかに漂う生臭さは、血のようだ。が、血痕は残っていない。

何があった……？

嫌な予感がする。

伏木は、端末で自分たちが監禁されていた部屋を探した。向かって左手の方向にある。

端末の矢印を見ながら、迷わないよう、慎重に進んでいく。

通路は薄暗い。生臭さが濃くなってきた。

時折、弾痕を見つける。取りきれなかった血痕も壁の隅や床の端にあった。

監禁されていた場所に近づいているのはあきらかだ。この銃弾を受けたのも、この血も、レイでなければいいが……。

明かりが見えてきた。

詰所だ。

見覚えがある。

伏木は駆け寄った。

「レイさん！」

呼びかけた声が壁に反響する。しかし、返答はない。

男たちがいたテーブルがある。男たちの姿はないが、椅子は倒れ、血が飛び散っている。

伏木を送り出した、食事運搬用のエレベーターに近づく。スイッチは壊されていた。

レイが壊したのか、レイを襲った銃弾により壊されたのか。いずれにしても、ここからレイが逃げた感じはなかった。

伏木は監禁されていた部屋に近づいた。

と、ドアが軋《きし》みを立て、ゆっくりと開いた。

黒スーツの男が出てきた。

伏木は腰に手を伸ばした。が、その手を止める。

前後にぞろぞろと殺気立った気配が現われた。肩越しに背後を見る。

あっという間にスーツの男たちに退路を塞がれていた。人数も四人、五人ではなく、十人を超える。

監禁部屋からもスーツの男たちが出てくる。

黒スーツをまとったその姿は、まさしく〝蟻〟だ。

「本当に助けに来るとはな」

監禁室から最初に出てきた男が言った。

「誰だ、おまえ？」

乱暴に問いかける。

「暗殺部処理課、右田《みぎた》だ」

「右田か。レイさんは？」

問う。

右田は答えず、薄笑いを浮かべるだけだ。

その瞬間、伏木はレイの死を悟った。

伏木は目を閉じ、顔を伏せた。怒りと悲しみがない交《ま》ぜとなり、体が震える。

「上からの指示で、一課の者は殺すなと言われている。おとなしく従ってくれれば、手荒な真似《まね》はしない」

「おいおい。拉致《らち》したうえ、監禁放置して殺そうとしといて、それを信じろというのか？」

「信じる信じないは、おまえの好きにしろ。俺たちは、命令に従っておまえを〝殺さず〟拘束するだけだ」

右田がスッと手を上げた。

男たちが一斉に円形に散らばり、伏木を囲んだ。

さすがに動けない。

レイを殺されて、怒りは沸点に達している。しかし、怒りに任せて暴れるほど、愚《おろ》かではない。

「誰の命令だよ」

右田を見据える。

「いずれわかる」

「今、教えてくれ。従うのは従うが、誰が糸引いてるのかわからない状況で身を任せるってのも気持ち悪いだろう」

「おまえの気持ちはわかるが、俺の独断では教えられんのだ」

「そうか。〝働き蟻〟だもんな。わかったよ」

伏木は両腕を上げた。

右田が伏木の近くにいた仲間に目を向け、うなずく。

男が三人、伏木の側に寄ってきて、腰回りや上着のポケットに入れた武器が次々と奪われ、丸腰にされていく。

「もうすぐ、おまえの仲間もここに来る」

「監視しているというわけか。誰が来てるんだ？」

「ファルコンとサーバルだ。まもなく、エレベーターで降りてくる」

右田が淀《よど》みなく答える。

俺を餌《えさ》に、誘い込んだというわけか。

しかし――。

「えらいのを呼び込んじまったな、おまえら」

「相手は二人だ。人数を集めている。さすがのおまえらも敵わない」

「さて、どうかな？　うちの執行人は、とんでもなく強いぞ。特に、日本刀かついでる方は一人で千人力だ。バケモンだ、あの二人は。ナメてると、全滅だぞ」

「全滅？　笑わせるな」

右田が失笑する。周りの男たちも小ばかにしたような笑みを浮かべていた。

すると、通路の奥のほうから、悲鳴が聞こえてきた。バタバタと動き回る複数の足音や金属音も響いてくる。

「来たな」

右田がにやりとした。

伏木は物音に神経を集中した。

しばらく、男たちが争っているような物音がしていた。伏木は見えない場所で繰り広げられている戦況を、音だけで判断していた。

まもなく、物音がやんだ。

数人の足音が近づいてくる。伏木はエレベーター側の通路に目を向けた。

スーツを着た男が姿を見せた。その前には、神馬がいた。後ろ手にされ、背中を押されながら歩いてくる。

右田がほくそ笑んだ。

「ほらな。たいしたことはない」

伏木は神馬に目を向けた。

神馬は伏木と目を合わせた。ほんのわずか、首を縦《たて》に振る。

神馬を拘束しているスーツの男に目を向ける。

男は神馬の肩越しに顔を覗かせた。

男と目が合う。

瞬間、伏木は振り返り、右田に突進した。

不意に動いた伏木に、男たちの反応が遅れた。

右田が銃口を起こす。しかし、懐に飛び込んだ伏木は左前腕で右田の右腕の内側を弾くと同時に、右掌底《しょうてい》を右田の顎に叩き込んだ。

右田の顔が勢いよく跳ね上がった。うつろに目を見開いた右田がその場にストンと膝を落とす。

周りの男たちが一斉に伏木に銃口を向ける。

伏木の背後で悲鳴が上がった。

後ろから腿や肩を撃たれた男たちが床に崩れ落ち、もんどり打つ。

男たちが神馬を捕らえていた男を見た。

周藤だった。

周藤は的確に足や腕、肩口を狙い、一人また一人と撃ち倒していた。

男たちの半分が周藤に銃を向けた。

そこに、両手に警棒を握った神馬が襲い掛かる。竜巻のように舞い、手にした伸縮警棒で、相手を次々と叩きのめす。

あまりに速い動きに翻弄《ほんろう》された男たちが発砲する。

だが、神馬には当たらない。的《まと》を失った銃弾が近くにいる仲間を撃ち抜く。

跳弾もまた仲間に当たり、同士討ちが頻発し、自滅していた。

気がつけば、伏木を取り囲んでいた大勢の男たちは神馬や周藤の足元に沈んでいた。

「動くな!」

周藤の声が反響する。

「俺たちはおまえらを殺す気はない。だが、抵抗すれば容赦《ようしゃ》なく殺す」

周藤の背後に倒れていた男が銃を起こす。

神馬が男に目を向ける。

周藤は振り返って、その男を躊躇なく撃った。胸元を撃つが、心臓をわずかに外した。

男は仰向《あおむ》けに倒れた。が、息はある。

あまりに正確な射撃を目の当《ま》たりにし、男たちは動けなくなった。

伏木は右田に歩み寄った。しゃがんで、足元に落ちた銃を拾い、胸ぐらをつかんで上体を起こし、引き寄せた。

「だから言ったろ。うちの執行人はバケモンだ、と」

首筋に銃口を当てる。

「さてと。おまえらに指図《さしず》したヤツの名前を教えてもらおうか」

トリガーに指をかける。

　すると、奥のほうから地鳴りのような足音が聞こえてきた。数人というレベルではない。

「なんだ？」

　神馬が通路の奥に目を向ける。

　右田がにやりとした。

「仲間が来た。ここには、百人単位の職員がいて、おまえらの一挙手一投足《いっきょしゅいっとうそく》はすべて監視されている。助からないぞ」

「おまえを盾《たて》にしよう」

　伏木が立たせようとする。

　右田は笑いながら言った。

「無駄だ。敵に拘束された場合、自らも抹消する。アントの鉄則だ」

「おまえも殺すというのか？」

「そうなるな」

「死んでもいいのか？」

「仕方がない」

　右田が言う。その目に動揺はない。

　伏木は悲しくなった。

わけのわからない命令を下され、自分の命が奪われようとしてもなお、組織に忠誠を尽くそうとする。

まさに、蟻だ。

しかも、こんな連中にレイを殺られたと思うと、無性《むしょう》に腹立たしくなった。

「ふざけんな！」

銃を放り投げ、両手で胸ぐらをつかみ、揺《ゆ》らした。

「おまえら、それでいいのか！　命をなんだと思ってやがんだ！」

「おまえらも同じだろう。無慈悲にターゲットの命を奪う。俺たちと何一つ変わらない。おまえらも蟻なんだよ」

右田が片笑《かたえ》みを覗かせた。

伏木は右田を殴った。二発、三発。止められない。

神馬が駆け寄ってきた。

「何やってんだ！　ヤバいぞ！」

襟首をつかんで引っ張る。

それでも伏木は右田を殴り続ける。

「サーバル、クラウン！　脱出するぞ！」

周藤が声をかける。

男たちの姿が見えた。

周藤は発砲した。

壁の陰に隠れた男たちが乱射してきた。周藤らが倒した男たちが被弾し、悲鳴を上げる。

神馬が監禁部屋に伏木を引きずって連れ込んだ。周藤も飛び込み、ドアを閉める。弾幕《だんまく》がドアに当たり、耳をつんざく甲高《かんだか》い音を立てた。

「まいったな……」

神馬がボリボリと頭をかいた。

「どうする、ファルコン」

周藤を見やる。

「策を考えよう」

周藤は壁を背に座って、一息ついた。

「クラウン、何熱くなってたんだよ」

神馬が訊いた。

伏木は足を抱えるようにして座っていた。

「レイさんが殺られた」

静かに言う。

神馬と周藤が伏木を見やった。

「俺を逃がして、一人殺られちまった。俺は彼女を助けられなかった」

拳を握って震える。

「私怨で殺すのは本意じゃないが、レイさんを殺った連中にだけは地獄を見せてやりたいな」

「俺も加勢してやるよ。ふざけた連中には頭にきてるからな」

神馬が言う。

「おまえたち、俺たちの殺しは仕事だぞ」

周藤は言うが、笑みを浮かべた。

「と言いたいところだが、今度ばかりは俺も腹に据えかねている。とことん、敵を追い詰めてやろう」

神馬と伏木の顔にも鋭い笑みがにじむ。

「ともかく、ここを出なければ――」

話そうとした時、爆発音と共に地面が揺れた。

立っていた神馬が思わずよろける。

ドアが開く。

煙がむわっと室内に入り込んできた。

周藤は銃口を向けた。伏木と神馬も左右に散って、身構える。

「ファルコン！」

男の声がした。

坊主頭の男がスポーツバッグを肩に下げ、入ってくる。

そのあとから、女性も二人入ってきた。凜子と智恵理だ。

「間に合った。よかったあ」

智恵理がほっと息を漏らす。

「早かったな」

神馬が三人を見やる。

「ツーフェイスに連絡を入れたの。そして、スムーズに蟻の巣に入れるよう、手配してもらった」

智恵理が言った。

「おまえ、あいつらも敵かもしれねえんだぞ」

神馬が睨む。

凜子が割って入った。

「敵なら敵で、私たちを嵌《は》めようとしたでしょ？　けど、すんなり入れて、場所の特定に必要な機器もちゃんと使えた。少なくとも、ツーフェイスは敵じゃない。それと、ツーフエイスからの情報で、ベンジャーと連絡がつかなくなっているというの」

栗島が話を受けて続ける。

「ベンジャーのスマホの電波を追うと、桜田門を出て蟻の巣で途切れてるんですよ。この中にいる可能性が高いです」

「黒幕はベンジャーか？」

伏木が訊く。

「ベンジャーか、それとも、ベンジャーもまた、黒幕に捕まったのか」

凜子が言った。

「ポン、武器は？」

周藤が訊く。

「ここに」

スポーツバッグを肩から下ろす。重い金属音がした。

「サーバルにはこれ」

背中に掛けた黒刀を渡す。

神馬は受け取って、刀身を半分まで抜き、確認して鞘《さや》に納めた。

周藤も自身の銃をケースから出し、携帯した。

「ベンジャーを捜す。邪魔する者は排除してかまわん。ただ、なるべく殺すな。急ぐぞ」

周藤が言う。
全員が首肯《しゅこう》した。

第六章　蟻《あり》の望むもの

1

暗殺部第二課のリーダー僧正は、ロックスター、ミミを連れ、蟻《あり》の巣へ潜入した。見届け人のブルーアイと情報班員の安子《やすこ》は、外で待機していた。

蟻の巣を訪れたことのある僧正が、記憶していた通りの方法でロックをすんなりと解除した。

慎重に中へ踏み込んだものの、敵の姿はない。

「暗殺部第一課の連中は来てるのか？」

あまりの静けさに、ロックスターがつぶやく。

「レイさんが捕まってるという情報も本当かしら」

ミミは薄暗い通路を見回しながら言った。

「D1が騙《だま》しているというのか？」

ロックスターはミミを見た。

「その可能性もあるんじゃない？　クラウンからの連絡を受けてブルーアイに連絡してきたわけでしょう？　私たちがレイさんを助けに来てるように、D1もクラウンを助けに来ていないとおかしいじゃない」

ミミは思ったままを口にした。

「D1からの連絡の真偽《しんぎ》はいずれわかる。ともかく、レイを捜さねば」

僧正が言った。

「けどよ、僧正さん。この迷路みたいな洞窟《どうくつ》、どこをどう捜しゃあいいんだよ」

ロックスターが五差路の分岐で立ち止まり、手の中のワイヤーをもてあそびながら歩く。

「何か、目印みたいなのがあるんですか？」

ミミが訊いた。

「いや、ない。だが、わしの頭の中に構内図はある。こっちだ」

左斜め前の道を行く。

ミミとロックスターは顔を見合わせ、僧正についていった。

右に左にと歩いているうちに、現在地がわからなくなってくる。どのくらい歩いたのかも把握できなくなってきた。

十分ほど歩いただろうか。

僧正が立ち止まった。

「ここだ」

何の変哲《へんてつ》もない壁を指《さ》す。

「ここ?」

ロックスターが壁を触った。

「どいてろ」

僧正が言う。

ロックスターとミミは少し壁から離れた。僧正は首に下げた念珠《ねんじゅ》を取り、右手に巻き付けて握った。

息を吸い込んで胸を張り、右腕を引く。そして、両眼を見開くと同時に右の拳《こぶし》を繰り出した。

壁に拳がめり込んだ。蜘蛛《くも》の巣状にひびが入ると、中心からパラパラと欠片《かけら》が零《こぼ》れ、壁全体が滑り落ちるように崩れた。

ロックスターとミミはあわてて下がった。

と、その向こうにドアが現われた。

「こんなところに部屋が？」

ロックスターが怪訝《けげん》そうに首をかしげる。

「なぜ、わかったんです？」

ミミが訊いた。

「これだ」

天井を指す。

二人はドアの上に目を向けた。何も変わった点はないように見える。

「壁が少し出っ張っているだろう？　その形がWを描く場所に隠しドアがある。この壁はモルタルで、何度でも塗《ぬ》り直せる」

僧正が言う。

よくよく見てみると、出っ張りの形がアルファベットのWに見えなくもないが、なんとも微妙で二人は納得のいかない表情を浮かべた。

「どうして、そんなことを知ってるんだよ」

「蟻の巣に出入りしたことのある者なら、誰でも知っている」

「この部屋はなんなんだ？」

ロックスターがドアを見た。

「監禁部屋だ。こうした場所が、構内にいくつかある。そこを探していけば、レイは見つかる」

僧正の言葉を聞いて、ロックスターとミミの表情が険《けわ》しくなった。

「ということは、中に敵もいるってことかい？」

「いるかもしれんし、監禁された者だけかもしれん。ただ、いるとみて、突入したほうがいい。わしが初めに入る。おまえたちは後から来い」

僧正が窪《くぼ》んだ取っ手に指をかけた。横に引き開けると同時に中へ飛び込む。

すぐさま、発砲音が轟《とどろ》いた。僧正の叫び声が聞こえた。マズルフラッシュが薄暗い構内に瞬《またた》く。

ロックスターとミミが飛び込んだ。

瞬間、ロックスターの首に何かが巻き付いた。逃れようとするが、瞬時に締め上げられ、右腕も後ろにねじ上げられ、動けなくなる。

ごつごつとした丸くて重いものが巻き付いている。念珠だ。

「どういうことだい、僧正さん……」

息を詰めながら、声を絞《しぼ》り出す。

左腕を動かそうとした時、発砲音がした。左前腕を撃《う》ち抜かれ、痛みに腕がだらりと垂れる。

銃弾が飛んできた方向には、黒スーツの男たちが十人ほど並び、銃を向けていた。

「動けば、さらに痛い目に遭《あ》うぞ」

憎正が耳元で囁《ささや》いた。

ロックスターは呻《うめ》き声を聞き取り、首をねじって声のしたほうを見た。

ミミも同じように捕まっていた。その背後にいるのは黒スーツを着た屈強《くっきょう》な男。アントだ。

「あんた、魂《たましい》売っちまったのかい？」

ロックスターがもがく。

「違う。取り戻しただけだ。裏稼業《かぎょう》に生きていても、闇《やみ》に生きることを強《し》いられる理由はない」

「今さら、ステージに立ちたい願望かい。あんた、中学生か？」

鼻で笑いながら、逃れる手を模索《もさく》する。

「挑発しても無駄だ」

つかんだ右腕を絞る。

ロックスターはねじ切れそうな痛みに相貌《そうぼう》を歪《ゆが》めた。

「選択肢は二つ。我々と共に新しい暗殺部のメンバーとなるか、それとも——」

「死ぬかだ」

男たちの真ん中を割って現われたのは、篠原だった。

「ユー、何者だ？」

ロックスターが声を絞り出し、篠原を睨《にら》みつけた。

「君たちに新たな未来を提示する者だ。ロックスター君だったかな？　我々と共に、新たなDの形を作ってみないか？」

「ニューワールドってわけかい？　いいねえ」

ロックスターはにやりとした。

「だけどさ、ユー。一つわかってないことがある」

首に巻かれた念珠を強く握る。

「ロックスターは自分の魂《たましい》を売ってまで、権力におもねることはしないのさ」

「では、どうする？」

「魂に従う」

右脚を振った。

瞬間、僧正が念珠を絞《し》めた。僧正の二の腕の筋肉が盛り上がる。

ロックスターが双眸《そうぼう》を見開いた。首が音を立てて折れる。

右爪先《つまさき》から放たれた錘《おもり》の軌道がわずか右に曲がる。錘は篠原の頬《ほお》を掠《かす》め、後方へ抜けた。

ロックスターが僧正の腕からずるずると崩れ落ちる。僧正の足下に沈んだロックスターは血混じりの涎《よだれ》を流し、焦点を失った目で床を見つめた。

「ロックスター！」

ミミは両肘《ひじ》を広げた。背後から巻かれていた男の腕がかすかに開く。

ミミは両手を頭上で合わせて腕を伸ばし、そのましゃがんだ。するっと男の腕の輪から体が抜ける。

ミミは男の腰に差していた銃を認めた。それを素早く抜き取り、しゃがんだまま篠原に銃口を向ける。

引き金に指をかけた。

その時、僧正の念珠がミミの顔面に迫った。ミミは避《よ》けずに引き金を絞った。

しかし、絞り切る前に僧正の念珠がミミの眼鏡の右レンズを砕《くだ》いた。

ミミが尻から落ち、仰向《あおむ》けに倒れていく。発砲音がした。が、銃弾は篠原とはまったく別の方向へ飛び、天井を抉《えぐ》った。

ミミを捕らえていた男が右手首を踏みつけた。握っていた銃がこぼれる。

男はそれを拾《ひろ》い、篠原を見た。

篠原がうなずく。

男は首肯《しゅこう》し、ミミに銃弾を撃ち込んだ。

左のレンズが砕け、弾丸が眼球を抉った。血が噴き上がる。

ミミは口を開いたまま、絶命した。

「残念だったな、僧正」

篠原はロックスターとミミの屍《しかばね》を冷ややかに見つめた。

「仕方ありません。これも宿業《しゅくごう》。成仏《じょうぶつ》せよ」

僧正は念珠を親指と人差し指の間にかけ、右手を立てて目を閉じた。

「残り二人はどうする？」

篠原が訊く。

「新たな世界へ踏み出すためには、過去の因縁《いんねん》は断《た》ち切らねばなりません」

「わかった」

篠原は右手を上げた。黒スーツの男たちが数名、その場から離れる。

それを見送り、篠原が言う。

「僧正、D1のファルコンとサーバルを捕らえてくれ。あの二人だけは、私たちでは手に負えないのでな」

「お任せください」

「殺すなよ」

「承知しております」

僧正は濃い顔に笑みを浮かべ、篠原の前から去った。

2

ブルーアイと情報班員の安子は、警察病院の駐車場に停めたワゴンの中で、僧正たちからの連絡を待っていた。

「レイさんは大丈夫かしら……」

安子がつぶやく。

「きっと、大丈夫です。Ｄ１のクラウンも助けに行ってくれているし」

「そうだといいけど……」

安子が心配そうな顔を覗かせる。

「今は、吉報《きっぽう》を待っていましょう」

ブルーアイは微笑《ほほえ》んだ。

と、ワゴンのスライドドアがノックされた。

ブルーアイと安子は息をひそめた。ブルーアイが、手元に置いた銃を握る。

「ブルーアイ、僧正さんからの伝言です」

聞き覚えのない男の声だった。

ブルーアイは警戒し、周囲の気配を探った。安子も息を止め、フィルムを貼《は》った車窓から外の様子を窺う。

男は一人のようだった。

ブルーアイが安子を見てうなずく。安子もうなずき、スライドドアを開けた。

と、安子の足下に鉄の塊《かたまり》が転がってきた。

ドアが閉められる。

「逃げて！」

安子が叫んだ瞬間、車内で爆発が起こった。

衝撃で車体が浮かび上がり、窓ガラスが砕け散る。安子とブルーアイは血だらけになり、シートに倒れた。

シートに燃え広がった炎が、息絶え絶えの二人をゆっくりと焼いていった。

3

周藤たちは三組に分かれて、地下通路を走り回っていた。

凜子と智恵理は二人で行動していた。

智恵理が菊沢から渡されたモニターで地下の施設を把握し、一つ一つ覗《のぞ》いては加地を捜す。

直接踏み込むことはせず、こっそりと覗いて回っていた。

今も、一つの詰所に近づき、凜子がガラス窓越しに中の様子を覗いた。

「どう？」

智恵理が小声で声をかける。

凜子は智恵理のほうを向いて、顔を横に振った。

智恵理は壁に身を寄せ、次の詰所を探していた。と、モニターに黒い点が点滅した。他の者が使っている測位システムの電波に反応しているようだ。

「リヴ」

小声で呼びかける。

凜子が駆け寄った。モニターを覗く。

通路の右から近づいてきている。二人は左側へ走ろうとした。が、そちらからも点滅が近づいてきていた。点滅は二つずつ、計四つ。つまり、四人ということだ。

智恵理は人差し指で自分を指《さ》し、その指で右側を指した。凜子はうなずき、反対側を示す。

智恵理はうなずき返すと同時に右側へ走った。凜子も左側へ走る。

智恵理が黒スーツの男二人を捉えた。男二人も智恵理に気づき、身構えようとする。

智恵理は飛び上がり、向かって右の男に飛び蹴《げ》りを放った。不意を突かれ、男は顔面にまともに蹴りを喰《く》らった。

男が後方に吹っ飛ぶ。背中を床に打ちつけ一回転した。智恵理の体が左側の男の脇を通り過ぎる。

左側の男は懐《ふところ》に右手を入れ、銃を抜こうとする。

着地した智恵理は、腰をひねって、後ろ回し蹴りを飛ばした。高く上がった智恵理の左脚が円を描き、男の首筋を捉《とら》えた。そのまま振り抜く。

男が真横に倒れ、床に側頭部をしたたかに打ちつける。智恵理は、男の鳩尾《みぞおち》に爪先を蹴り込んだ。男は息を詰め、意識を失った。

もう一人の男が上体を起こす。智恵理は駆け寄り、顎を蹴り上げた。

男が口から血を吐きだしながら背中から倒れ、短い呻きを漏らし、動かなくなる。

智恵理はふうっと息をついて、男たちの懐から銃を取り出し、マガジンをリリースして、別々の場所に放り投げた。

凜子が戻ってきた。遠くに、二人の男が倒れているのが見える。

「さすが、リヴね」

「チェリーこそ、大したもの」

凜子はにっこり笑うと、腕を叩いて、通路を奥へと進み始めた。

智恵理と凜子は、敵に出くわすたびに、奇襲で倒しながら進んでいった。

「でも、こうちょこちょこ出てこられると、疲れちゃうね」

智恵理が言う。

「出くわすのが一人二人だから、まだいいわ。もう少し人数が多いと、倒すのも大変になるから」

凜子が微笑《ほほえ》む。

「けど、一つ一つ潰していっても、時間がかかるばかりだね。何か、いい方法ないかなあ……」

智恵理が漏《も》らす。

「今は、一つずつ潰していくしかないわ。とにかく、私たちが捕まっちゃ、みんなが動けなくなるから、慎重に進みましょう」

「そうだね」

「次は？」

凜子が訊《き》く。

智恵理はモニターを見た。

「えーと、この先に詰所のサインあり」

「行きましょう」

凜子は智恵理を促し、走って先へ進む。智恵理も続いた。

4

伏木と栗島も、凜子たち同様、モニターを見ながら詰所を一つ一つ調べて回っていた。

「クラウン、また来ましたよ」

栗島がモニターの反応を見て、言った。

「まあ、次から次へとご苦労さんだな。何人だ？」

「ええと……十一人ですね」

「多いな」

伏木が笑う。

伏木と栗島は、詰所の捜索と同時に、敵の耳目《じもく》を引きつける役割も担《にな》っていた。

他の二組を動きやすくするためだ。

閃光手榴弾《せんこうしゅりゅうだん》を使ったり、派手に銃を撃ったりしてわざと音を立て、騒ぎを起こしている。

逃げているのが伏木だということを相手にわからせると、さらに敵は群《むら》がってきた。

「ポン、今度は何にする？」

「閃光手榴弾《スタングレネード》でいいかと」

「うーん、一発で決まってばかりで体が鈍《なま》るなあ。発煙手榴弾《スモークグレネード》はないか？」

「ありますけど……。わざわざ乱闘することはないでしょう。体もそんなんだし」

栗島が傷《きず》ついた伏木を見やり、渋い顔をする。

「騒ぎを起こしたほうがいいだろ？　それに、連中にはやられっぱなしだから、少しはやり返さないと気が収まらない」

指を鳴らす。

栗島はため息をついて、発煙手榴弾を出した。通路左奥から敵の足音が聞こえてくる。

「いきますよ」

「よろしく」

伏木は足音のするほうを睨んだ。

栗島はピンを外し、敵のほうへ転がした。伏木と共に壁際に身を寄せ、背を向ける。

ドンと爆発音がした。悲鳴が上がる。同時に白い煙が立ち上って拡《ひろ》がり、視界を奪う。

伏木は、煙幕《えんまく》の中に飛び込んでいった。

目に映った影に拳を振るい、蹴りを繰《く》り出す。

敵は狼狽《ろうばい》し、銃口を向けるが、視界のない場所での発砲を躊躇《ちゅうちょ》する。

伏木の胸元に銃口が伸びてくる。その腕をつかんで引き寄せ、頭突きを入れる。

男の鼻から血が噴き出す。二発、三発と頭突きを叩き込むと、男が膝から崩れた。

銃を奪い取った伏木は、煙の中、地面に向けて立て続けに発砲した。

悲鳴が上がる。直接脛《すね》に被弾する者もいれば、跳弾《ちょうだん》にやられる者もいた。

現場はますます混沌とする。

銃を撃ち尽くすと、伏木が叫んだ。

「ポン、行くぞ！」

伏木は煙の中を抜けていった。

「もう、勝手だなあ……」

栗島はバッグを抱え、倒れた男を踏み潰しながら、伏木を追った。

5

神馬は銃を持った数名の敵を相手に刀を振るっていた。

銃口を向けた敵の右腕を斬《き》り落とし、返す刀でその横にいる男の足を斬り裂く。

男たちは神馬の素早い動きに翻弄《ほんろう》され、的《まと》を絞《しぼ》れず、銃を持った腕を振るだけだった。

神馬は三人の男たちの中央に躍《おど》り出た。そして、刀を水平にして回転する。

刃が男たちの太腿《ふともも》を斬り裂いた。一人の男が発砲する。神馬の頬《ほお》を掠《かす》めた銃弾が、その後ろにいた仲間の胸を撃ち抜いた。

その場所から十メートルほど離れた場所では、周藤が五人の男を相手にしていた。右から飛んできた拳をダッキングでかわし、脇腹に強烈なフックを叩き入れる。身をよじった男の胸ぐらをつかんで、背後に投げる。

よろけた男が銃を構えていた敵に当たり、共に倒れる。

左から銃を向けられた。素早く敵との間合いを詰めると、左手のひらで男の右前腕を内側に弾いた。照準が逸《そ》れる。

周藤は男の肩越しに、右掌底《しょうてい》を叩き込む。

男は鼻と口から血を吐きだし、後方へ吹っ飛んだ。

「後ろ！」

神馬の声が響く。

周藤は懐の銃を抜いて、後ろに腕を向け、発砲した。

左肩に銃弾を喰らった男は回転しながら壁に当たり、地面に崩れ落ちた。

神馬が戻ってきて、残りの敵に刀を振るう。

バタバタと敵は手足を斬られ、戦闘不能にされた。

十人以上の男たちが倒れ、意識を失っている。

神馬は呻いている男の鳩尾を踏みつけた。男は目を剝《む》き、気絶した。

「ふう……こりゃ、埒《らち》が明かねえな。ファルコン、これじゃあ、疲れるだけだぞ」

「そうだな。訊くか」

周藤は手前にいた男を蹴った。

気を失っていた男が意識を取り戻し、呻きを漏らす。

周藤は男にまたがって、銃口を眉間《みけん》に突き付けた。

男の顔が引きつる。

「ベンジャーはどこにいる？」

「知らない……」

「もう一度だけ訊く」

撃鉄を起こす。

「知らない。本当だ！」

男は必死に声を上げた。

と、神馬が脇に歩み寄ってきた。左肩に切っ先を突き立て、少し刺し入れる。男の相貌が歪んだ。

「早く言えよ。手足、斬り落としちまうぞ」

さらに深く刺し込む。

「知らないんだ、本当に！」

男の顔から脂汗《あぶらあせ》が噴き出していた。

「こりゃ、本当に知らねえな」

神馬は刀を引き抜き、鞘《さや》に納めた。

周藤は銃口を当てたまま訊いた。

「居場所に心当たりはないか？」

「と言われても……」

「絞り出せ」

ごりっと銃口で額をこする。

男は黒目を左右に動かし、必死に考えていた。神馬も柄《つか》に手をかけ、少しだけ抜き出す。

「指令室……」

「指令室？　どこだ」

周藤は測位システムのモニターを男の前に差し出した。膝で押さえていた右腕を解放する。神馬が再び刀を抜いて、男の首筋に当てた。

男は震える指で操作した。

「ここだ」

指でタップする。その場所が点滅した。部屋のマークはない。

「おまえ、秘密の信号送ったんじゃねえだろうな」

首の皮に薄く刃を入れる。

「目的の場所を固定しただけだ！」

声が上擦《うわず》った。

「左下にRという記号のボタンがあるだろう。それを押せば、目的地までのルートをナビゲートしてくれる」

「そんな機能があったのか。早く言えよ」

刀身でひたひたと首筋を叩く。

男は蒼《あお》ざめた。

「こんなところに部屋があるのか？」

周藤が訊く。

「表示されない部屋はいくつもある」

「なぜ、ここだと思うんだ？」

「ここは他と違って、幹部のＩＤでしか入れない場所だ。しかも、地下の全域を把握できる。ベンジャークラスの者を監禁するなら、ここしかない」

「そうか。行ってみよう」

周藤は銃口を外して、立ち上がった。

「行っても無駄だ。幹部ＩＤがなければ、ドアは開けられない。それに、まもなく〝解放〟が始まる」

男がにやりとした。

「解放ってなんだよ」

神馬は男の傷口を踏みつけた。

男は顔を歪めた。しかしすぐ、笑みを浮かべる。

「俺たちの解放。アントが日の目を見る」

「何言ってんだ？　頭わいてんのか？」

神馬は爪先で男の頭を蹴った。

「俺たちの苦労が報《むく》われる時が来るんだ。おまえらも闇から解放される。ありがたく思え」

「裏の人間が表に出ると、ろくなことがねえってのを知らねえのか、おまえら。やっぱ、わいてんな」

神馬は男の横っ面《つら》を思いっきり蹴り上げた。

男の顔が傾き、再び気を失った。

「解放か……」

周藤がつぶやく。

「こいつの戯言《ざれごと》じゃねえの？」

神馬は男を見下ろした。

「いや、嘘には聞こえなかった」

「解放ってどうするんだよ。ここからぞろぞろとアントが出て行くってのか？　そんなことになったら、地上は大騒ぎだぞ。それにアントの存在がばれりゃ、連中がやってきたとまで糾弾《きゅうだん》される。わざわざ贖罪《しょくざい》したいってのか？」

神馬は思ったことを口にする。

「それと、ここで管理してる極悪人どもはどうするんだ？　あいつらが外に出ちまったら、厄介極《やっかいきわ》まりねえぞ」

神馬が言うと、周藤が顔を上げた。

「それか！」

周藤は神馬に端末を渡した。

「おまえは指令室へ行け。幹部ＩＤはチェリーたちが持っているかもしれない。どこかで連絡をつけて、指令室に入って、全解放を止めろ」

そう言い、気絶した男の端末を取って、男の指紋で起動させる。

「ファルコンはどこに行くんだよ」

「極悪人どもの脱出を止めてくる」

「結月か？」

「ああ。今回の件、彼女が画策《かくさく》していたとしてもおかしくはない。あいつは人心を掌握する天才だからな」

「確かに、あいつが世に出ちゃあ、やべえな。こっちは任せとけ」

神馬は言うと、端末を見ながら通路に消えた。

周藤は神馬を見送って、結月たちが管理されているフロアを端末で探した。

目星をつけた周藤は、指でタップし、Rボタンでルート案内表示をスタートさせ、その地点へ急いだ。

6

神馬は指令室へ急いだ。

途中、敵から奪った通信端末の画面上に敵を示す黒い点滅を認めると、自ら突っ込み、黒刀を振るった。

敵は突然現われた神馬のスピードについていけず、次々と倒されていく。

指令室が近づいてきた。

と、その指令室へ続く通路に、これまでにないほどの黒い点滅が現われた。密集し、ごま粒《つぶ》ほどの点が黒い塊に映るほどだ。

神馬は手前で足を止めた。

「まいったな……」

今までの経験則から判断するに、敵の数は三十以上。五十はいるかもしれない。倒してすぐ、指令室のドアを開けられるのなら急襲するほうが得策《とくさく》だった。しかし幹部IDがない状態で突っ込めば、敵を一人残らず倒しても、そこで待つしかない。どこからどれだけ湧《わ》いてくるかわからない。

アントごときが百人来ようと負ける気はしないが、〝解放〟を止められなければ意味がない。時間はアントに味方していた。

「仕方ねえな」

神馬は刀を鞘に納めた。

いつでも踏み込めるよう、指令室から五十メートルほど離れた場所で、膝をついて身を隠した。

刀を左肩に立てかけ、呼吸を整えつつ、画面を見つめた。

右の通路から、さらに多数の黒い点滅が集まってくる。すごい勢いだ。まさに蟻だった。

「なんだ？」

神馬は腰を屈めたまま、壁沿いにそろりそろりと進んだ。

怒号が聞こえてきた。誰かを追っているようだ。指令室前にいる男たちも、そちらを見ている。

神馬はゆっくりと立ち上がり、壁にピタリと背を当てた。柄と鞘を握りしめる。

「ああ！　正面にもいますよ！」

声が聞こえた。

神馬はにやりとした。栗島の声だ。

「グッタイミン」

刀身を引き抜く。

「ポン！　手榴弾を投げろ！」

神馬が声を張った。

指令室前の男たちが一斉に神馬のほうを見た。素早く銃を抜き出し、掃射してくる。神馬の足下や壁を弾丸が抉る。

「早くしろ！」

神馬の怒声《どせい》が地下通路に響き渡った。

何かが床を転がる音が聞こえた。神馬は瞬時に壁に身を押し当てた。瞬間、ドンと太い音が腹に響いた。

悲鳴が上がった。まばゆい光が薄暗かった通路を白く照らす。

「閃光手榴弾か。いいチョイスだ」

神馬は目を細め、壁際から飛び出した。

黒いスーツを着た男の何人かは、手榴弾のかけらを浴《あ》び、もんどり打って倒れていた。立っていた者は目をやられ、顔を手のひらで押さえ、ふらふらしている。

神馬は人の群れに突入した。

黒い刀身が波のように敵を襲う。そのたびに、手首や腕が鮮血と共に舞い上がる。

次々と倒れていく人の中から、ずんぐりとした坊主頭の男が現われた。神馬が勢い、刃を向ける。

「サーバル！」

栗島が足を止めて叫んだ。刃が首のすぐ近くで止まった。

「わりい」

神馬はにやりとしながら、栗島の後ろにいた黒スーツの男の右肩を刺した。

栗島がしゃがむ。

神馬は切っ先を引き抜くと手元で刀を返し、男の右腕を斬り落とした。悲鳴が上がる。

銃を持ったままの右腕がぼとりと落ちる。

右通路から長身の男が駆け寄ってきた。伏木だ。その後ろに、黒スーツの男たちの一群を引き連れている。

栗島は手榴弾を取り出した。

「耳をふさいで！」

そう言い、手榴弾を投げる。

神馬と伏木は両手で耳をふさいだ。栗島もすぐ、手のひらを耳に強く押しつける。

爆発と同時に、強烈な音が通路に響き渡った。ジェット機のエンジンのような音だ。壁に反響し、その音はさらに威力を増した。

男たちは、耳を押さえながら次々と倒れる。中には、鼓膜《こまく》が破れたのか、耳から血を流している者もいた。

神馬と伏木もたまらずしゃがみ込んだ。

十秒ほどで音が収まった。神馬たちは立ち上がった。恐る恐る耳から手を離す。まだ、耳の奥で音が鳴っていて、鼓膜が腫《は》れているような感覚がある。

「すげえな、こりゃ……」

神馬は倒れて呻く男たちを見回し、つぶやいた。

「サーバル、なぜここに？」

伏木が訊く。

「おまえらこそ、なんでここに来たんだよ？」

「俺たちは、アントを掻《か》き回していたらここにたどり着いただけだ」

「逃げ回ってたってことか？」

神馬はちらっと伏木を見た。

「掻き回してたんだよ。陽動作戦だよ」

伏木が仏頂面《ぶっちょうづら》を覗かせる。

「まあいい。ちょうどよかった。ポン、チェリーたちに連絡つくか？」

「わかりませんけど」

「連絡をつけて、急いでここへ来させろ」

「了解」

栗島がその場でバッグから通信機器を取り出し、智恵理たちに連絡を取る算段を始めた。

「何があるんだ？」

伏木が訊く。

神馬は突き当たりの壁を切っ先で指した。

「そこに、蟻の巣の指令室があるらしい」

「壁に？」

伏木が目を丸くする。

「確かめてみよう」

神馬は刀をしまい、足元に転がった銃を二丁両手に握った。

壁に銃口を向ける。そして、連射した。銃声が轟き、硝煙《しょうえん》が顔の前に立ち上る。

弾丸が壁を抉ると、ぽろぽろと崩れ始めた。

伏木も銃を取り、壁を撃つ。

壁に蜘蛛の巣状の亀裂が走り、次第に金属音がしてきた。神馬と伏木が全弾を撃ち込む。

と、壁がガラガラと崩れ落ちた。瓦礫が近くに倒れていた男を埋めていく。

その奥に銀色の扉が現われた。

「隠し部屋か」

伏木が目を見開く。

「サーバル、チェリーたちと連絡が取れました。急いで来るそうです」

栗島が報告した。

「クラウン、ポン、チェリーたちが到着するまで、ここを死守する。クラウンは向かって左の通路。ポンは右の通路を監視しろ」

「了解」

二人が左右に散る。

神馬は刀の鞘を握り、自分が進んできた正面の通路を見据えた。

と、暗がりから大きく暗い影が現われた。

目を凝《こ》らす。

「僧正か?」

神馬の口から声が漏れた。

「僧正さんが?」

その声を聞き留め、伏木が寄ってこようとする。神馬は鞘を少し動かし、止めた。

「どうした?」

伏木が小声で訊いた。

「なんか、妙な殺気を漂わせてやがる。ポンと一緒に隠れてろ」

「手伝うぞ」

「いや、一人の方が動ける。万が一の時は頼むからよ」

神馬は僧正の方を見つめたまま言った。

目の端で、伏木と栗島が隠れたことを確認し、神馬は一度上体を起こし、背筋を伸ばした。

「サーバル君!」

野太い声が響く。

僧正は笑みを浮かべ、ゆっくりと近づいてきた。

「こんなところで何をしている？」

「あんたこそ、何やってんだ。他のヤツらは？」

「メンバー総出で、レイを捜している。わしもその最中だ。君のところのクラウン君は見つかったのかね？」

「こっちも捜してる最中だ」

視線を外しつつも、僧正全体の気配が見える場所に立つ。

「わしは蟻の巣には何度か来たことがある。ファルコン君もそうだろうが、君は？」

「おれは初めてだ」

「なら、一緒に回ったほうがいいかもしれん」

「遠慮するよ。一人の方が動きやすい」

やんわりと断わる。

「君はチームで動くのは嫌なようだね」

「めんどくせえじゃねえか。他人はいざって時、役に立たねえ」

「人の和というものは必要ないと？」

「あんたもそうだろ？　生臭《なまぐさ》坊主」

神馬がけしかける。

少し、気配がひりつく。しかし、僧正は笑顔を崩さない。

「まあ、どうでもいいわな。あ、そうだ。この近くに詰所みたいなところがありゃあ、探ってみたいんだが。あんた、位置情報調べる端末持ってねえか？」

「すまん、持ってないが」

「持ってない？　じゃあ、ここまでどうやって来たんだ？」

「歩いているうちに――」

「偶然、おれがいる場所に出くわしたってのか？　こんな巨大迷路の中で？　おもしれえこと言う坊さんだな。そんな都合のいい話があるわけねえだろ」

神馬の右指がかすかに動く。

僧正の左手が念珠に触れた。瞬間、神馬は真横に飛んだ。宙で抜刀する。

水平に振られた念珠が、神馬の残像をさらった。

「坊主のくせに、修行が足りねえな。鼻につくほど、殺気が漂ってるぞ」

「わしの殺気を嗅《か》ぎ取るとは、たいしたもんだ。一つ訊く。わしらと共に新たな世界へ歩むつもりはないか？」

「なんだ、そりゃ？　おれを黄泉《よみ》の国にでも連れてってくれるとでも言うのか？」

「すべて等しく、差別なきこと。これが宗教家の目指す理想の世界。今、わしらが生きているこの世界には、それがない。なので、みなが対等な立場で仕事ができる環境を作り、社会を浄化する。Dを本物の救世者として昇華させるために」

「何言ってんだ？　笑わせるな。そもそも、おれたちは命を平等に扱ってねえじゃねえか。さんざん命の選別しといて、何が平等だ。救世だ。おれたちはどこでも影の存在でいいんだよ。日陰者が明るいとこに出たら、ろくなことにならねえ」

神馬が言う。

僧正はふううっと深いため息をついた。

「D1メンバーは生かすようにと言われているのだが、やはり、君だけは処分しておいた方がよさそうだな」

「誰に言われてんだよ」

「君が知る必要はない。わしの手で常世《とこよ》に送ってやろう」

僧正が念珠を8の字に振り回し始めた。

「そんなに行きてえなら、おまえが行ってこい」

神馬が正眼《せいがん》に構える。

瞬間、念珠が神馬の顔面に伸びる。

刀身で珠《たま》を払った。キンと金属音を放つ。神馬は後ろに飛び退《の》いた。

念珠の珠は、外側は木目だが、中身は鉄球のようだった。

僧正は重い念珠を振り回しながら、ジリジリと迫ってくる。その圧は息苦しくなるほどだ。

周藤が以前、僧正と対峙《たいじ》した時は、真正面からぶつかってくるタイプだと言っていた。

しかし、念珠の使い方を見る限り、単なる腕力頼みというわけでもなさそうだ。

僧正が再び、念珠を飛ばしてきた。まっすぐ飛んでくる念珠は、ロックスターのワイヤーのようなスピードはないが、壁のような圧力で迫ってくる。

大きく避けなければ、鉄球の壁に全身を打たれそうだった。

神馬は斜め右後方に飛んだ。

僧正が念珠を振って、素早く間合いを詰める。そして、念珠を握り、右ストレートを放った。

神馬はしゃがみ、左横に転がった。

頭をかすめた僧正の拳が、壁を砕いた。

立ち上がろうとする。そこに、飛ばした念珠が迫る。

神馬は仰《の》け反《ぞ》りながら、刀身で珠の側面を払い、流した。

念珠が引いた隙に、後方に二回転して立ち上がる。

「やりにくいなあ……」

念珠の動きは複雑なわけではない。

比較はできないが、動きだけを見れば、縄鏢《じょうひょう》と変わらない。ただ、壁のように迫る鉄球の軌道が読めない限り、うかつに懐《ふところ》に飛び込むこともできない。

神馬は、鉄球がなぜ壁に見えるのか、念珠の動きをよく見てみた。

僧正は重い念珠を8の字に回していた。いや、8の字に回しているように見えていた。

そういうことか――。

内心、にやりとする。

念珠が飛んできた。

直線的に迫ってくるように見えていたが、その実、念珠は螺旋《らせん》を描いて渦《うず》を巻き、迫ってきていた。

つまり、念珠が螺旋状に回転することで円半径が広がり、巨大な珠の壁のように見えていたということだ。

とはいえ、念珠は連《つら》なっているので、正面から突っ込めば、鉄球の渦の壁に肉体を砕かれる。

また、重い念珠を複雑に回転させられるほど強い僧正の腕力は侮《あなど》れない。

狙うは、その力を生み出す源――。

神馬は柄を握り、集中した。

僧正を正面から見据える。しかし、一点に集中していない。全体をぼんやりと見つめているだけだ。

僧正の全身像と念珠が煙のようにゆらゆらと揺れる。

8の字に揺れていた念珠の動きが小さく、鋭くなってくる。空気が渦を巻いて中心に集まってくるようだ。

その渦が点になった瞬間、神馬は右足で地を蹴り、体勢を低くして、左脚を大きく踏み出した。

神馬の右側頭部を念珠が掠めた。耳がちぎれそうな風圧を感じる。

神馬はさらに深く体を沈め、地面すれすれに黒刀を左から右へ水平に振った。

刃が僧正の右足首を切り裂いた。

僧正の体が傾く。

神馬はそのまま前方へ飛び、転がった。立ち上がりざま、振り返る。

僧正は背を向けたまま、念珠を背後に飛ばしてきた。

直線で飛んでくる。

神馬は飛び上がった。両脚を胸元に引きつけ、宙で刀を振り上げる。

両腕の力を抜いて、刀身を振り下ろした。

僧正の袈裟が裂け、縦に走った背中の傷から血が噴き出した。

着地と同時に僧正の左脚のアキレス腱を斬りつける。ブツッと鈍い音がし、僧正が両膝から頽《くずお》れた。

僧正が上体を起こそうとする。その後頭部に刃を当てた。

僧正の動きが止まった。

「脚を狙うとは、見事だ」

わずかに背後を見上げる。

「介錯《かいしやく》せえ」

「そうしたいところだけどよ。うちのリーダーが殺すなってんだ。ちょっと寝ててくれよ」

刀身を返し、峰で打とうとする。

その時、栗島の声が響いた。

「サーバル！　後ろ！」

振り向く。

黒スーツを着たアントたちが銃口を向けていた。

とっさに、壁際に走り、陰に飛び込む。

複数の銃声が轟いた。

放たれた銃弾は、僧正の肉体を貫いた。僧正は目を剝き、口から血を吐きだした。

栗島はバッグから発煙弾を取り出した。ピンを抜いて、アントたちの足下に投げる。

ボッと火を噴いた後、一気に白い煙が立ち込めた。その煙の中に神馬が突入した。

まもなく、悲鳴が上がった。

しんとなり、神馬が煙をまとって戻ってくる。

「殺したんですか?」

栗島が訊いた。

「殺しちゃいねえよ。動けねえだろうけど」

神馬は刀を鞘に納めた。

煙が引いていき、僧正の姿が見えてくる。うつぶせに突《つ》っ伏《ぷ》した僧正は、地面を見つめ、絶命していた。

「僧正さんが黒幕ですかね?」

「いや、アントはおれだけでなく、僧正も狙ったみたいだから、こいつも高羽と同じ、捨て駒だったんだよ、たぶん」

神馬は冷めた目で僧正を見下ろした。

「サーバル、なぜ腕じゃなく、脚を狙ったんだ?」

伏木が訊いた。

「こいつ、クソ重い念珠を投げるだけじゃなく、回転を加えてた。いくら剛腕でも、重量のあるものに回転を加えるには、腕力だけじゃ無理だ。つまり、こいつの力の源は下半身の強さ。だから、脚をやんねえと勝てねえと思ってな」

「でも、一太刀だったんで余裕ですね」

栗島が言う。

「バカ。冷や汗もんだ。この珠が一つでもまともに当たれば、おれは終わってた」

神馬は転がった念珠を靴底で軽く蹴った。

「ほら、気を抜かねえで、手榴弾用意しとけ。今の騒ぎで、また蟻がぞろぞろやってくんぞ」

「そうだな。配置に戻ろう」

伏木が言うと、栗島と伏木は左右に散った。

神馬は息絶えた僧正を一瞥《いちべつ》し、背を向け、通路の奥に鋭い視線を向けた。

7

周藤は、凶悪犯を管理、拘束しているフロアにたどり着いた。

エリア入り口のガラス張りの守衛部屋には、三人の男がいた。

どうするか……と考えていた時、通路の奥から凄まじい音が聞こえてきた。たまらず、耳をふさぐ。

守衛部屋を見やる。ドアが開いた。守衛たちも音に気づき、部屋から飛び出してきた。

周藤はその機を逃さず、出てきた守衛二人の足を撃った。

二人は脛《すね》に被弾し、脚を押さえて悶絶している。

駆け寄り、二人の鳩尾と顎を蹴り上げる。二人は昏倒《こんとう》した。

閉まりかけたドアを潜り、中へ滑り込む。

もう一人の守衛が、周藤に銃口を向けた。周藤は素早く懐に入り、引き金から指を外して、守衛の鳩尾に銃を叩きこむ。

守衛が息を詰め、前屈みになる。

周藤は銃把で守衛の首筋を殴った。守衛は双眸を見開き、周藤にもたれかかるようにずるずると崩れ落ち、そのままフロアに沈んだ。

周藤は守衛室に入りモニターを確認した。

管理されている犯罪者たちは、それぞれの個室に収まっていた。特に騒いでいる様子はなく、寝ている者もいれば、テレビを見ている者もいる。

長井結月の様子も見てみた。結月はタンクトップに短パンというのもの格好で、自重トレーニングをしていた。

髪は男の子のように短くカットしているが、筆で描いたような柳眉《りゅうび》に大きくきりっとした瞳、すっと通った鼻筋、尖った顎は、愛らしさと妖艶さを併せ持つ結月の不思議な美しさを醸《かも》し出していた。

管理エリアに、目立った変化はない。

杞憂《きゆう》だったか……。

周藤は椅子に座り、モニターを見つめていた。

結月のモニターに少しノイズが走った。周藤は目を向けた。

結月はずっと、腕立て伏せをしていた。ゆっくりとパンプアップするような丁寧な腕立て伏せだ。汗ばんだ上腕が収縮している。

しばらく見ていると、またノイズが走った。その時、少し沈みかけた結月の腕が伸びた。そしてまた、同じく腕立て伏せが始まる。

周藤は、席を立った。倒れた守衛からカードキーを奪い、ゲートを潜っていく。

三重のドアロックを一つずつ解除し、結月の部屋の前に来た。

結月は中にいた。が、腕立て伏せはしていない。タンクトップだが、下はジャージの長ズボンを穿《は》いていた。

「あれ？　早かったね」

結月が強化ガラスの壁に近づいてくる。声は、部屋の壁に埋め込んだマイクを通して、スピーカーから流れていた。

「何をした？」

「何をって？」

「監視カメラの映像に細工を施しただろう。どんな手を使った？」

「さすが、一希。見抜いちゃうよねー、そういうの」

「誰にやらせた？」

「誰かしら？」

結月は周藤を見つめ、片笑みを滲ませた。

「やはり、おまえは生かしておくべきではなかったな」

「そんな怖いこと言わないでよ。あなたとお仲間の命は助けてあげたでしょう？」

にやりとする。

「どういうことだ……？」

「そのままの意味。今頃、D2も全滅しているでしょうね」

さらりと言う。

周藤は眉尻を吊り上げた。

「へえ。一希もそんな怒った顔見せるんだ。レア顔見られて、ラッキー」

結月が軽口を叩く。

「あなたたちは生かしておいてあげたの。私をこんなところに閉じ込めた張本人たちだもんね。私の手で切り刻《きざ》んであげないと、収まらないもん」

そう言い、親指で喉元を裂《さ》くようなしぐさを見せる。

周藤はガラス壁を殴った。壁はびくともしない。

「どうする？　私を始末する？　するなら早くした方がいいよ」

結月は少しうつむいてから顔を上げ、周藤を冷酷な目で睨み上げた。

「解放の時はまもなくだから」

8

智恵理と凛子が、神馬たちの待つドアの前に到着した。

二人とも、目の前の光景に驚きを隠せなかった。

「これって、D2の僧正さんじゃ……」

智恵理がつぶやく。

「ああ、裏切りもんだった」

神馬は僧正の死体を見つめて言う。

「どういうこと？」

凛子が誰に訊くともなしに訊いた。

「細かいことはわからねえ。チェリー」

神馬は智恵理に、手短に部屋の説明をした。

「おまえ、ツーフェイスのＩＤ持ってんだろ。それなら、開けられるはずだ」

「待って」

ＩＤカードを出す。

「ポン」

智恵理は栗島にカードを渡した。

栗島はカードを受けとり、銀色の壁の前に立った。じっと壁を見つめる。胸元あたりの高さで右隅の壁色が、かすかに薄くなっている。

そこにカードをかざしてみた。

モーターの音がした。静かに壁が右から左へスライドしていく。

モニターが並ぶ部屋が現われた。

神馬が飛び込んだ。伏木が続く。

敵の気配を探りながら奥へ進む。と、モニターを操作する盤面のそばの椅子に、中年男性が縛りつけられていた。

「ベンジャー！」

神馬が駆け寄った。

後ろ手に拘束していたプラスチックカフと腰に巻かれていたロープを切る。

智恵理たちも入ってきた。

「ベンジャー、無事でよかった！」

智恵理が目を潤《うる》ませる。

加地は、口に巻かれたタオルを自ら取った。

「篠原を止めろ！」

開口一番、加地は声を張った。

「誰だい、それ？」

伏木が言う。

「処理課課長補佐、私の部下だ。彼はここを解放しようとしている！」

「解放だと！　マジだったのか、その話。解放ってなんだよ？」

神馬の表情が険しくなる。

「地下のすべての扉のロックを解除し、表に出られるようにする気だ。そして、篠原はここや暗殺部の実態を暴露するつもりのようだ」

「何考えてんだ、そいつ！　ここで止められんだろ？」

「いや、ここの機材はすべて、篠原のＩＤのみで作動するよう書き換えられている」

「つまり、プログラムを書き換えれば、ベンジャーやツーフェイスのＩＤで阻止できるってことですよね？」

栗島が言った。

「そうだが――」

「任せてください」

栗島は自分のバッグを取って、操作盤の下に潜り込んだ。

「ポン、頼んだ！」

神馬が言うと、栗島は操作盤の下から右手を出し、親指を立てた。

「ベンジャー、篠原って人はどこに行ったの？」

凜子が訊く。

「おそらく、もう一つあるサブ指令室だ。全開放できるのは、ここのサブ指令室しかない」

「ベンジャー、案内してくれ。リヴはここの警護。チェリーはツーフェイスと連絡を取れ。クラウン、行くぞ」

神馬が部屋から駆けだす。

加地と伏木も続いた。

9

篠原は十名ほどの精鋭《せいえい》を連れ、サブ指令室の前まで来た。

「おまえたちは、ここで見張っていろ」

そう命じ、自分のＩＤで壁を開いて、中へ入った。

人感センサーにより電源が入り、システムが起動する。

篠原は操作盤の前に座った。しばし、肘掛《ひじか》けに腕を置いて深くもたれ、宙を見つめる。

アントの解放を提言してきたのは、長井結月だった。

彼女は、裏方として懸命に働くアントたちが日の目を見ないのはおかしいと訴えた。

それが、自分たちを取り込もうとする彼女の策だということは重々承知していた。

初めのうちは、戯言だと聞き流していた。

しかし、結月は篠原と面会するたびに、アントは不遇《ふぐう》のままでいいのかと問うた。

篠原の胸の内に結月の声は澱《おり》のように溜まり、腫瘍《しゆよう》のように次第に大きくなり始めた。

彼女たちのような犯罪者の処遇はともかく、アントの役割が軽んじられているのは確かだ。

試しに、加地や第三会議の者に処遇改善を訴えてみたものの、反応は薄かった。訴えなど耳に届いていないように。

日陰の者は日陰の身に甘んじろ。篠原は、彼らの態度をそう受け取った。

小さな憤りは、やがて、抗《あらが》い難《がた》い憤懣《ふんまん》と憎しみへ成長していった。

それを見透かしたかのように、結月はこうけしかけてきた。

解放したほうがいいんじゃない？

その言葉が篠原の心に突き刺さった。

アントの処遇を変えようとしない上層部を動かすには、反乱を起こして現体制を破壊し、再構築するしかない。

一度思考が傾くと、止められなくなった。

おそらくそれは、自分が置かれた立場に対する不満もあるのだろう。

今でこそ、加地の下で補佐という役職に甘んじてはいるが、本来なら、今頃、警視庁の幹部として活躍しているはずだったという思いが拭えない。

たった一度のミスで出世コースから外され、さらに日陰者として生きることを強いられた。

自分がもう一度、表舞台に立つには、ここで動くしかない。

その思いを結月の言葉が後押しする。

すべての不条理からの解放――。

結月たちのような反社会的な犯罪者は裁くべきだとは思うが、ペットや家畜以下の存在であるように長期間閉じ込めておくのは、人道にもとる行為ではないか。

正義を貫《つらぬ》くためとはいえ、踏み外してはいけない一線があるのではないか。

そう考えだすと、暗殺部の存在にすら疑問を抱くようになった。

そして、結月が最後のひと押しをした。

すべてをつまびらかにして、すべての不条理を解放し、暴露すれば、あなたは真の正義の人として称賛される。世界があなたに注目することになるでしょう。

呼吸を整え、目を閉じる。

迷いはある。

小娘の言葉に煽《あお》られた、自分の愚かさを笑う。

しかし、ここまで進んだものは止められない。止められない以上、希望を抱いて前に進むしかない。

やおら目を開いた篠原は、マイクを取って、地下迷路のすべてのスピーカーに通ずるスイッチを入れた。

10

周藤が結月とガラス越しに対峙していると、スピーカーがプツッと鳴った。

結月が片笑みを濃くした。

――アントの諸君。篠原だ。

太くてよく通る男性の声が流れてきた。

「始まったよ！」

結月が言う。

周藤は結月を睨んだまま、スピーカーの音声に耳を傾けた。

篠原は自分の思いを語り始めた。

アントとして動くことを強いられている職員への労《ねぎら》いに始まり、処遇への不満から体制批判を繰り広げ、最後には暗殺部の存在への疑義《ぎぎ》まで問うた。

「ここまで抱き込んだのか……」

周藤は怒りと同時に、言葉一つで人心《じんしん》をこれほどまでに操る結月に空恐《そらおそ》ろしさを感じた。

――よって、現時刻をもって、蟻の巣に囚《とら》われているすべての者を解放する！

篠原の声に力がこもった。

ドアが開く！

そう思った周藤は銃口を起こし、結月に向けた。

11

篠原が演説を始めた頃、栗島は自分のノートパソコンに作動システムのプログラムを吸い出し、急いで書き換えていた。

「ポン！　どう？」

智恵理が言う。

「もう少しです！」

栗島の指が激しく動く。

ポイントは、とりあえず、篠原のＩＤによるシステムの作動を阻止することだった。その後、加地や菊沢のＩＤで作動するように書き換えればいい。

だが、篠原率いる反乱チームのプログラマーは、そこかしこにトラップを仕込んでいて、簡単にできるはずのＩＤ無効化ができなかった。

栗島の耳にも、篠原の演説が届いていた。高揚した話しぶりから、演説はまだ続くと予測できる。

とはいえ、三十分、一時間しゃべるわけではない。余裕は五分あるかないか。タイムレースだ。

「システム自体をダウンさせたら？」

凜子が言う。その手もあった。

システムそのものを使えなくしてしまえば、とりあえず、扉の全開放は免れる。

プログラムを全選択し、ＤＥＬＥＴＥボタンをタップしようと指を伸ばした。

が、その目に、Ｅｍｅｒｇｅｎｃｙという文字列が飛び込んだ。

全選択で白黒反転したモニターに、うっすらと赤く浮かび上がり、点滅する。

栗島は指を止めて、全選択を解除した。

「危ない……」

大きく息をつく。

「ポン、できそう？」

凜子が訊く。

「ダメだ。システムをダウンさせたら、緊急プログラムが作動するようです」

「用意周到ね。地下は全滅かしら」

「セキュリティーがしっかりしているということですよ」

栗島は文字列に目を通した。

焦《あせ》るほどに、混乱する。

ツーフェイスと連絡を取っていた智恵理が、スマホを耳から離した。

「ちょっと、ポン！　電波がつながらなくなったよ！」

「えっ？　通信プログラムをいじっちゃったかなあ……」

つぶやいた時、栗島はハッと顔を起こした。

命令を無視させればいいのか！

ドアの開閉に関するプログラムを開く。そして、その命令を無効化する文字列を打ち込んでいく。

――よって、現時刻をもって、蟻の巣に囚われているすべての者を――。

「ポン！　まだなの！」

凜子が声を上げる。

「ポン！」

智恵理も叫んだ。

――解放する！

篠原の声が途切れる寸前、栗島は文字列を流し込み、エンターキーを押した。

顔を上げる。操作盤の下で頭を打ちつけたが、痛みに顔をしかめながらも、耳を澄ませた。

凜子と智恵理も動きを止め、気配に耳を傾けた。

しんとしていた。

地下から人が消えたかのように、物音一つしなかった。

「間に合ったみたいね」

凜子が言う。

「そうみたい」

智恵理はほうっと息を漏らした。

――チェリー、どうした！

スマホから菊沢の声が聞こえてきた。

智恵理はスマホを耳に当てた。

「解放なるものは阻止できたようです」

――そうか。よかった。第三会議からの指令だ。首謀者と思われる篠原潤也は、殺さずに拘束しろ。蟻の巣の出入り口は閉鎖。指示があるまで、誰一人、外へ出すな。また追って指示する。

「承知しました」

智恵理は通話を切った。

「ポン、地下からの出入り口をすべて封鎖。そのあと、篠原のＩＤを無効化。ベンジャーたちのＩＤを使えるようにして」

「わかりました」

「リヴ、私はツーフェイスからの命令をベンジャーたちに伝えてくるから、ここをお願い」

「気をつけてね」

凜子が言うと、智恵理はスマホを手に指令室から出て行った。

12

サブ指令室の前では、神馬と伏木が、篠原が連れていた精鋭たちと戦っていた。

他のアントとは違い、神馬や伏木に肉薄してくる。十名いた敵は半分ほど倒したが、残りは想像以上の強敵だった。

篠原の演説が流れ始めた。

「そこどけや！」

神馬は黒刀を振り回し、突破しようとする。そこを左右から挟《はさ》むように狙ってくる。銃では不利と見た男たちは、自らも日本刀を持ち、神馬を攻めた。

神馬は鞘で太刀を受けてかわし、切っ先で相手を狙う。右の男の喉元に切っ先を伸ばすが、下がって避《よ》けられる。

「おまえらがおれら暗殺部に取って代わるってか」

男たちは無言を返す。

背後から振り上げられた刃が迫る。

神馬は鞘の底で相手の柄をはね上げ、腹部めがけて水平に刀を振る。相手は後退しながら、黒刀に向けて刀身を振り下ろした。

神馬はスッと刀を引き、自分も一歩下がって、左右の敵と対峙する。

伏木は三人の男を相手にしていた。三方から飛んでくる拳と足をかわしたり、腕や脛で受けたりしながら、隙を見て腕を振り回す。

が、三人は連携してゆらゆらとかわし、切れ目なく攻めてきた。

防戦一方だ。が、動きを止めるわけにはいかず、間合いも大きくは取れない。距離が開けば、彼らは銃を抜く。

接近戦に持ち込んでおく方が、まだ致命傷は避けられる。とはいえ、腕も足も度重なる打撃を受け、痺れてきていた。

——解放する！

篠原の声が響いた。

男たちが動きを止めた。神馬と伏木も構えたまま止まる。

壁際で状況を見守っていた加地が声を漏らした。

「しまった！」

だが、何も起こらない。

男たちは一瞬戸惑いを覗かせた。

神馬はわずかな隙を逃さず、屈んで、左右の男の太腿を斬りつけた。

伏木も目の前の男にアッパーを喰らわせ、斜め後ろ左右にいる男たちの顔面に、同時に裏拳を叩き込んだ。

苦戦を強いられていた精鋭五人を一瞬で倒し、ホッと息をつく。

加地が駆け寄ってきた。

「どうしたんだ？」

加地が周りを見やる。

「間に合ったようだな」

神馬が言う。

「うちの工作班員は優秀だから」

伏木はにやりとした。

「あとは、中の親玉だけだな」

神馬は銀色の壁の向こうを睨みつけ、柄を強く握りしめた。

13

篠原は、解放を宣言すると同時に、全扉のロック解除スイッチを押した。

が、モニターに映る構内図上では、扉が開く気配はない。

二度、三度と押してみるが、モニターに変化はない。

「どうなってるんだ……」

何度も叩くが、まったく動かない。

篠原はスイッチに拳を叩きつけた。

「なんなんだ、これは……。なんなんだ！」

椅子を倒して立ち上がり、出入り口に歩み寄った。IDをかざし、ドアを開けようとする。

しかし、反応しない。

「どうなっている！」

篠原はドアを叩いた。

腹立ちまぎれに、自身のIDカードを床に叩きつけた。

「なぜ、うまくいかない。なぜだ！」

ドアの前で両膝を落とし、拳を床に叩きつける。

またも、失敗に終わるのか。再び、愚策《ぐさく》を講じた使えないリーダーとして嘲笑《ちょうしょう》されるのか。

悔しさに拳が震える。

その時、ドアがスッと開いた。

瞬間、黒い影が飛び込んできた。

背後に回られたと思った瞬間、喉元に刃を押し当てられた。黒い刃だ。

篠原は色を失った。

篠原の前に、若い女性が立った。

「D1見届け人のチェリーです。第三会議の決定を通達します。篠原潤也、処理課内部の職員を先導し、反乱を企《くわだ》てた首謀者として看過《かんか》できず。よって、桜の名の下《もと》──」

「待て。待ってくれ！」

篠原は智恵理を見上げた。

「おっさん、この期《ご》に及んで、命乞いかよ」

神馬が刃を喉仏に押し当てる。

篠原の体が強ばった。

「桜の名の下、あなたを拘束します」

智恵理が言うと、後ろから加地が歩み出た。

加地は篠原を見下ろした。

「篠原君」

「課長……」

「残念だ」

篠原の肩を叩いて、部屋の奥へ進む。

神馬は刃を肌から離した。しとどめで後ろ首の付け根を打つ。

篠原は息を詰めて双眸を開き、そのままゆっくりと前のめりに突《つ》っ伏《ぷ》した。

「ちょっと！　殺すなという命令だったでしょ！」

智恵理が怒鳴る。

「殺しちゃいねえよ！」

立ち上がって、刀を鞘に納める。

加地はマイクのスイッチを入れた。指で、マイクの先をコンコンと叩く。スピーカーから音が出た。

マイクを握って、口元に寄せる。

「職員諸君。処理課の責任者、加地です」

加地の声が地下に響き渡った。

14

結月も少し前のめりになり、動きだすタイミングを計っていた。

しかし……。

ドアは開かなかった。

結月の笑みがひきつった。

周藤は銃を構えたまま、結月を見据えた。

「どうやら、止められたようだな」

加地のアナウンスが流れ出したのを耳にして、周藤は銃をホルスターにしまった。

加地は職員に反乱制圧を伝えていた。その上で、これ以上の暴挙には出ないよう、釘《くぎ》を刺していた。

「終わったな」

結月を見据える。

先ほどまで、余裕を見せていた結月の顔からは、すっかり笑みが消えていた。

「おまえからすれば、篠原の反乱がうまくいこうといくまいと、騒動が起こればよかったんだろうが、そうはならなかった。おまえの負けだな」

負け、という言葉に、結月が気色《けしき》ばむ。

「殺しなよ」

結月は周藤を睨んだ。

「おまえの処分は上が決める。俺は私情で殺しはしない」

「腹が立つんじゃないの？　私が煽ったせいで、いっぱい死んじゃったよ？」

挑発してくる。

周藤は冷めた目で結月を見つめた。

「覚えてなよ！　生きてる限り、あんたらを付け狙う！　ギタギタに切り刻んでやる！　まともに死ねると思うなよ！」

強化ガラス越しに吠《ほ》えるが、周藤は背を向け、部屋を後にした。

エピローグ

第三会議に拘束された篠原は、厳しい取り調べに、すべての顛末《てんまつ》を正直に話した。D3に偽《にせ》情報を与えたのは、篠原とその仲間だった。篠原は、アントの外部協力者であった高羽に計画を話し、まずはD3の殲滅計画を遂行した。

寺崎や清家、関を用意したのは、高羽だった。元々は、すべてが終われば、高羽以外の三人は処分し、高羽は新生暗殺部の正部員として加わる予定だった。

が、D1にかぎつけられたことで、篠原は高羽の処分を決めた。

清家と関も、レイと伏木を拉致した直後、仲間のアントの手によって処理された。

篠原は、暗殺部を全滅させた後に内部反乱を起こすつもりだった。

しかし、結月のたっての望みで、D1だけは生かしておいてほしいという条件を呑《の》んだ。

それが後の綻《ほころ》びの芽《め》となった、そう篠原は自戒した。

一課と二課が共闘したことも想定外だったようだ。

篠原は、Ｄ２のリーダー僧正を抱き込み、共闘を有名無実にし、さらに、Ｄ１も潰《つぶ》してくれればと画策《かくさく》した。

が、思った以上に、二つの課員の結びつきは強固なものとなり、蟻の巣での戦いを強《し》いられる結果になったと語った。

篠原はすべてを白状した後、第三会議の決定を受けた周藤の手で処刑が執行された。

篠原を焚《た》きつけ、騒乱を画策した結月については、処分保留となった。

周藤は岩瀬川に、処分したほうがいいと進言したが、受け入れられなかった。

上層部は、結月の持つ裏社会の情報に加え、類《たぐい》まれなる人心《じんしん》掌握術にも興味を持っていた。その解析が終わるまでは生かしておくという判断だった。

判断が下された以上、周藤としてはそれに従うだけだ。

上の指示を無視して結月を処分するのは、単なる殺人でしかない。

その一線は踏み外せない。

ただ、拘束している犯罪者の管理は、より厳格さを増すことになった。

結月にいたっては、寝袋一つだけ与えられた部屋に監禁されることとなった。食事は天井の開閉口から落とされる物のみ。直接の接見も禁止。モニター越しの面会のみが許され、その内容のすべては録画されることになった。

四方にはドアもない。部屋の端には、排泄用の穴が開けられている。

万が一、結月に体調不良があっても、薬を与えられるだけ。死亡すれば、天井の開閉口から出される。

結月がどこまで、拘禁状態に耐えられるかは未知数だが、それもまた、研究材料として扱われる。

部屋をうろつく以外、完全に自由を奪われることになった。

一つだけ、篠原は功績を残した。

アント職員の待遇改善についてだ。

基本給の賃上げに加え、処理案件の種類や煩雑《はんざつ》さに応じて、特別手当が支給されることになった。また、週休は三日とし、緊張を強いられる現場でメンタルが疲弊《ひへい》しないよう、専門のクリニックも開設した。

最も急がれたのは、暗殺部の立て直しだった。

現在、三課あったうちの二課が消滅した状況だ。一課だけでは、第三会議が処理すべき案件のすべてはこなせない。

とはいえ、すぐにチームを組めるほど、生やさしい組織でもない。

第三会議が新しい人材を発掘、育成する間、一課のみが任務を遂行することになった。

これまでは、長い時なら半年休めたこともあったが、アントの反乱事案以降、まとまって一カ月休めたことがなかった。

今日もまた、二週間の休養を経《へ》て、新たな任務に就いていた。
とある自己啓発セミナーを主催する団体幹部の処刑だった。
彼らは、自己啓発と称して受講者を薬漬けにし、人身売買をしていた。
本拠地は、京都と滋賀の府県境の山間にあった。廃業したホテル跡だった。
周藤と神馬は、ホテルの正面玄関が見える草むらに身を隠していた。
――ファルコン、ホテル最上部に幹部が全員揃ったぞ。
イヤホンに伏木からの連絡が入る。
「ポン、準備は？」
周藤は胸に付けたピンマイクで訊《き》いた。
――いつでもオッケーです。
「リヴ、チェリー。監禁されている者たちの救出準備は？」
――整ってます。
智恵理が答える。
「よし。ポン、撃《う》て」
命じる。
少し間があり、山頂でポンと音がし、炎の筋《すじ》が弧《こ》を描いた。
それが玄関前に落ちた瞬間、爆発し、閃光《せんこう》を放った。

「行くぞ！」

周藤が飛び出す。

神馬は走りながら、黒刀を抜いた。

二人の姿が、まばゆい白い光の中に消えていった。

（この作品は、『小説ＮＯＮ』（小社刊）二〇二一年五月号から二〇二二年六月号に連載され、著者が刊行に際し加筆・修正したものです。また本作品はフィクションであり、登場する人物、および団体名は、実在するものといっさい関係ありません）

死桜

一〇〇字書評

切・り・取・り・線

購買動機（新聞、雑誌名を記入するか、あるいは○をつけてください）	
□（　　　　）の広告を見て	
□（　　　　）の書評を見て	
□ 知人のすすめで	□ タイトルに惹かれて
□ カバーが良かったから	□ 内容が面白そうだから
□ 好きな作家だから	□ 好きな分野の本だから

・最近、最も感銘を受けた作品名をお書き下さい

・あなたのお好きな作家名をお書き下さい

・その他、ご要望がありましたらお書き下さい

住所	〒				
氏名		職業		年齢	
Eメール	※携帯には配信できません		新刊情報等のメール配信を 希望する・しない		

この本の感想を、編集部までお寄せいただけたらありがたく存じます。今後の企画の参考にさせていただきます。Eメールでも結構です。

いただいた「一〇〇字書評」は、新聞・雑誌等に紹介させていただくことがあります。その場合はお礼として特製図書カードを差し上げます。

前ページの原稿用紙に書評をお書きの上、切り取り、左記までお送り下さい。宛先の住所は不要です。

なお、ご記入いただいたお名前、ご住所等は、書評紹介の事前了解、謝礼のお届けのためだけに利用し、そのほかの目的のために利用することはありません。

〒一〇一―八七〇一
祥伝社文庫編集長　清水寿明
電話　〇三（三二六五）二〇八〇

祥伝社ホームページの「ブックレビュー」からも、書き込めます。
www.shodensha.co.jp/bookreview

祥伝社文庫

死桜《しざくら》　D 1警視庁《けいしちょう》 暗殺部《あんさつぶ》

令和 4 年 8 月 20 日　初版第 1 刷発行

著　者　矢月《やづき》 秀作《しゅうさく》
発行者　辻　浩明
発行所　祥伝社《しょうでんしゃ》
東京都千代田区神田神保町 3-3
〒101-8701
電話　03（3265）2081（販売部）
電話　03（3265）2080（編集部）
電話　03（3265）3622（業務部）
www.shodensha.co.jp

印刷所　堀内印刷
製本所　積信堂
カバーフォーマットデザイン　芥 陽子

Printed in Japan ©2022, Shusaku Yazuki　ISBN978-4-396-34830-4 C0193

〈祥伝社文庫　今月の新刊〉